UN SÉDUCTEUR DIABOLIQUE

KYLIE GILMORE

Traduction par
SUZANNE VOOGD

Ceci est une œuvre de fiction. Les noms, personnages, lieux, marques, médias et incidents sont soit le produit de l'imagination de l'auteur, soit utilisés dans le cadre de la fiction. L'auteur reconnaît la marque déposée et les propriétaires des marques déposées de divers produits nommés dans cette œuvre de fiction, qui ont été utilisés sans permission. La publication/l'utilisation de ces marques déposées n'est pas autorisée par, associée avec ou sponsorisée par les propriétaires des marques déposées. Toute ressemblance avec des événements réels, des lieux ou des personnes, vivantes ou mortes, n'est que pure coïncidence.

Un séducteur diabolique : © 2018 by Kylie Gilmore

Design de la couverture par Kim Killion

Publié par : Extra Fancy Books

Traduit par : Suzanne Voogd

Tous droits réservés. Tout ou partie de ce livre ne peut être reproduit, distribué ou transmis sous quelque forme que ce soit, y compris par des photocopies, des enregistrements, ou toute autre méthode électronique ou mécanique, sans l'accord préalable de l'auteur, sauf dans le cas de courtes citations intégrées dans des critiques ou des commentaires et dans quelques autres utilisations non commerciales permises par les lois régissant la propriété intellectuelle.

ISBN-13 : 978-1-947379-08-4

1

Lexi Judson avait atteint sa limite de tourtereaux. La seule raison pour laquelle elle était venue au bal de la Saint-Valentin de Clover Park, c'était parce que son amie Sabrina souhaitait sa présence lors de sa grande demande en mariage à Logan Campbell. Cela s'était transformé en double demande : Sabrina et Logan s'étaient tous deux surpris avec des bagues, faisant leur demande en même temps. Youpi pour la romance et toutes ces conneries.

Elle poussa un soupir. Elle ne pouvait pas partir avant d'être certaine de s'être présentée à toutes les personnes qu'elle ne connaissait pas, et si cela semblait approprié, avant d'avoir expliqué qu'elle était maintenant organisatrice événementielle en free-lance. Jusqu'ici, il n'y avait pas eu de pistes intéressantes. Elle avait été heureuse en tant qu'organisatrice d'événements en entreprise chez Victoria's Events à New York, et la nouvelle que la petite entreprise fermait définitivement lui avait fait un choc. Le fiancé de Victoria avait obtenu un travail inattendu à Paris et ils partaient dans deux semaines. *Boum.* Victoria's Events n'existait plus. Victoria avait-elle réfléchi à ce que cela signifiait pour les employés qui se trouvaient soudain sans emploi ? Non ! Elle s'était contentée d'écouter son cœur, elle avait fermé le bureau et tant pis pour tous les autres.

Lexi s'était immédiatement lancée dans une énorme recherche d'emploi désespérée. Personne n'embauchait. Son indemnité de licenciement et ses maigres économies lui permettaient de tenir deux mois au plus, si elle faisait vraiment attention. Elle n'avait pas l'intention de retourner vivre chez ses parents ou avec une de ses amies. Elle ne pouvait supporter d'être l'intruse dans un des nids d'amour de ses amis.

Alors voilà, je crée du réseau à un bal de la Saint-Valentin, normal, quoi.

Elle scruta la pièce, passant rapidement sur les couples qui dansaient le slow sur la piste de danse, son regard s'arrêtant sur Marcus Shepard, un des frères honoraires collés à la famille Campbell. Le pire. Il était penché, souriant et flirtant avec une jeune blonde qui semblait captivée. C'était un séducteur diabolique et, si les rumeurs étaient exactes, le genre de Don Juan menteur qui disait aux femmes qu'il était monogame quand ce n'était pas vrai. Elle méprisait les hommes infidèles. Les hommes de ce genre vous laissaient toujours tomber. Comme son père et son grand frère et son ex stupide.

Elle détourna la tête, croisa le regard avide de l'oncle ivre de Sabrina, qui était du genre à parler tout près de vous et qui n'arrêtait pas de lui postillonner accidentellement au visage, et elle se dirigea vite vers le bar. Garner's Sports Bar & Grill avait accueilli l'événement et Josh Campbell était derrière le bar, comme d'habitude.

— Salut, Lexi, que puis-je t'offrir ?

Josh ne lui fit pas son sourire charmeur, sans doute parce qu'il avait croisé son amie Hailey auparavant, qui était la meilleure ennemie de Josh. Ils étaient meilleurs ennemis jusqu'à la mort — ou le lit, selon ce qui allait arriver en premier — et l'autre information croustillante était que leurs parents, Joe et Brandy, se fréquentaient en ce moment. Joe Campbell était le père de Josh et Brandy Adams était la mère de Hailey. Joe et Brandy allaient peut-être former un couple sérieux, ce qui ferait partir Hailey en vrille, la rendant mûre pour être cueillie par Josh. *Mouah ha ha.*

— Juste de l'eau, merci.

Elle avait eu sa dose de champagne et de punch, car elle devait bientôt rentrer en voiture.

Il la servit rapidement.

— Merci.

Elle but une gorgée d'eau.

— Se pourrait-il que tu aies besoin de l'organisation d'un événement pour la Saint-Patrick chez Garner's ? Je suis organisatrice événementielle en free-lance maintenant.

Il secoua la tête.

— Nous faisons la même chose chaque année avec la bière verte et le menu irlandais. Pour être honnête, nous n'avons pas le budget pour une organisatrice événementielle. Mais je tendrai l'oreille pour toi.

Elle essaya de cacher la déception de sa voix.

— Aucun souci. Merci.

Elle avait eu peu de chances de réussir. Elle ne pensait pas vraiment que Josh ou un de ses amis aient besoin de ses services.

Josh montra l'autre côté de la pièce.

— Essaie Marcus. Le Burrow marche vraiment bien. Il y accueille tous les grands dépensiers de Wall Street, alors si tu fais un événement pour lui, cela pourrait conduire à plus de travail pour des clients de Wall Street.

Elle sentit ses cheveux se dresser sur la tête. Elle connaissait son bar, le Burrow, puisqu'elle s'y était rendue quelques fois pour des fêtes. Il était cool. Malgré tout, voulait-elle travailler pour Marcus, le séducteur légendaire ? Elle se tourna et elle vit qu'il flirtait avec une autre belle femme, brune cette fois, et qui n'arrêtait pas de glousser. Il sourit à cette femme, leva un doigt et sortit son téléphone de la poche. Il tourna la tête vers Lexi, et il leva un doigt signifiant *juste un instant.*

Moi ? Elle regarda Josh derrière elle.

Celui-ci rangeait son téléphone dans sa poche.

— Je lui ai envoyé un message. Il arrive.

Elle déglutit. Bon, ce n'était pas un problème. Elle était immunisée contre les séducteurs. Sauf qu'elle avait un genre, les grands hommes musclés, et que Marcus était un spécimen de choix : il était grand et large avec des muscles énormes, un véritable mastodonte. C'était exactement la raison pour laquelle elle avait gardé ses distances, afin de ne pas être tentée.

Elle s'écarta du bar et elle se plaça dans un coin tranquille en se préparant. *Sois polie. Non, sois professionnelle. Et fais semblant de te moquer du fait qu'il a dragué toutes les femmes célibataires ici.* Ils s'étaient rencontrés quelquefois à des fêtes, où il avait dragué toutes ses amies. Mais pas elle, jamais elle. Comme si elle s'en souciait. Elle l'aurait descendu en flèche. Vraiment ! *Attitude professionnelle dans trois, deux, un…*

Marcus marcha tout droit vers Josh, qui lui dit quelque chose avant de montrer Lexi.

Elle leva la main avec un petit sourire.

Marcus s'avança vers elle et elle se prépara à l'impact.

Il s'arrêta devant elle et lui fit un sourire en coin qui disait *je suis sexy et je le sais.* Dommage qu'il soit infidèle, parce qu'il était incroyablement agréable à regarder. Son nez avait une légère bosse, comme s'il avait été cassé, mais sinon il était d'une perfection exquise : des cheveux bruns épais, des yeux sombres bordés de cils que les femmes auraient aimé avoir, des pommettes saillantes, une mâchoire carrée avec une trace de barbe naissante, et un corps canon.

— Salut, Lexi. Josh a dit que tu voulais me parler de quelque chose.

Elle eut la bouche sèche. Elle hocha la tête et but une gorgée d'eau.

— Oui. Salut. Je suis organisatrice événementielle en freelance maintenant, et je me demandais si tu avais besoin d'un événement pour ton bar. Peut-être pour la Saint-Patrick ?

— C'est déjà prévu avec une tournée des bars locaux et un groupe.

Les épaules de Lexi s'affaissèrent. Elle avait essuyé des refus toute la soirée. Tant pis. Elle n'avait même pas voulu lui demander, au départ. Il était tout ce qu'elle méprisait chez un homme — un menteur infidèle — et elle n'avait pas voulu travailler pour lui de toute façon. *Peux-tu vraiment te permettre d'être si difficile ? Pas de travail et pas de clients et un compte en banque qui rétrécit : c'est une période désespérée.*

Elle leva la tête vers lui. Bon sang, il devait au moins faire un mètre quatre-vingt-quinze, trente centimètres de plus qu'elle. Elle prit soin d'adopter son ton le plus professionnel et agréable.

— D'accord, eh bien, pense à moi si jamais tu as besoin de planifier un événement.

Elle sortit sa nouvelle carte de visite de son sac et elle la lui tendit.

Il la glissa dans sa poche.

— Pas de problème, dit-il d'un ton monocorde.

Il était clair qu'il n'avait pas besoin de ses services. Elle redressa les épaules et elle finit son verre d'eau. Elle avait *terminé*. Elle avait donné de son temps, déjà félicité l'heureux couple, et maintenant elle pouvait enfin partir.

Elle sursauta. Quelqu'un venait de lui pincer les fesses ! Elle se tourna et fut à nouveau face-à-face avec l'oncle Postillon ivre. Elle avait oublié son véritable nom.

Il la regarda d'un air lubrique.

— Te voilà, ma fille ! Allons chez moi pour un dernier verre.

Apparemment, lui aussi avait oublié son nom.

— Ne me touchez plus, dit-elle en serrant les dents.

Marcus posa un bras sur ses épaules.

— Elle est avec moi et nous sommes sur le point de partir.

Elle se figea, choquée par l'attitude de gentleman de Marcus qui la sauvait ainsi de l'oncle Postillon.

Ce dernier se pencha tout près d'elle.

— Et nous, alors ?

Des postillons éclaboussèrent sa joue. *Beurk.* Elle fut sur le point de faire un pas en arrière lorsque Marcus utilisa la main sur son épaule pour l'éloigner et la guider vers la sortie.

Elle n'appréciait pas le fait d'être manipulée ainsi, mais tant pis. Elle avait voulu partir de toute façon.

— Ne pars pas ! cria un peu tard l'oncle Postillon.

Elle s'éloigna de quelques pas avec Marcus avant de jeter

un coup d'œil par-dessus son épaule. L'oncle Postillon se diri-
geait en chancelant vers le bar.

Elle s'arrêta brusquement et Marcus aussi, la regardant
d'un air interrogateur. Comme s'il attendait de voir ce qu'elle
voulait. C'était étrange. Elle l'imaginait plutôt du genre *grand
et dominant.*

— Merci d'avoir éloigné l'oncle Postillon. Je m'en sortirai,
maintenant.

Marcus laissa tomber sa grande main de son épaule.

— Aucun souci. L'oncle Postillon ?

Elle hocha la tête.

— Il aime parler tout près du visage. Il m'a postillonné
dessus toute la soirée.

Marcus partit d'un rire profond et guttural.

Elle rit également. Toute cette soirée avait été ridicule :
faire du réseau dans une salle remplie de couples amoureux,
fuir les conversations trop proches de l'oncle Postillon, faire
semblant de s'amuser pendant cette nuit romantique alors
qu'elle était célibataire.

— Hé, Lexi ! Hé, Marcus !

Merde. Son amie Hailey s'approcha, portant une robe rouge
sombre aux épaules nues et des ballerines rouges en l'honneur
de la Saint-Valentin. La petite tête blanche de Rose sortit du sac
rose. Elle espérait vraiment que Hailey n'était pas sur le point
de jouer les entremetteuses. Lexi avait été très ferme avec elle à
ce sujet, mais c'était inutile. Lexi était la dernière célibataire de
leur Club de Lecture Happy End anciennement rempli de célibataires. C'était un groupe de lecture de romances fondé par
Hailey dans le but de les aider à trouver leur propre happy
end. Lexi avait rejoint le club parce que deux de ses amies
étaient des membres. Maintenant, elle avait une énorme cible
sur le front et la joyeuse chasseuse aux cheveux blond vénitien
s'approchait d'elle. Hailey était célibataire également, mais ça
ne comptait pas. Elle avait une relation avec sa chienne.

Marcus déversa son charme sur Hailey, disant d'une
profonde voix mielleuse :

— Salut, ma belle, comment ça va ?

Hailey accéléra le pas.

— Très bien !

Ses yeux bleu clair étaient énormes en les regardant tous les deux. Les grands yeux sombres de Rose semblaient tout aussi surpris. Rose portait un nœud rose avec des cœurs rouges sur sa touffe blanche perchée au milieu de la tête. Le nœud était assorti à son pull pour chien. *Laisse un peu de dignité à ce pauvre chien.*

— Je dois juste emprunter Lexi une minute.

Hailey la traîna un peu plus loin. Lexi se prépara à l'interrogatoire menant à l'entremise avec Marcus, mais Hailey la surprit.

— Que fais-tu avec Marcus ? chuchota-t-elle. Êtes-vous ensemble ? Il paraît que c'est un séducteur.

Lexi jeta un coup d'œil à Marcus qui l'attendait un peu plus loin. Peut-être pour la défendre contre l'oncle Postillon ? Elle se tourna vers Hailey.

— Nous ne sommes pas ensemble. Il m'a simplement aidé à éviter un type ivre.

Hailey serra le bras de Lexi d'un air soulagé.

— Ne te méprends pas, c'est un type bien, mais ce n'est pas quelqu'un avec qui l'on veut sortir.

Hailey avait évidemment des intentions louables. C'était une bonne amie. C'était simplement qu'elle avait été trop souvent un peu acharnée dans son rôle d'entremetteuse.

— Merci de prendre soin de moi, dit-elle. Passe une agréable soirée.

— Toi aussi.

Hailey sourit, salua Marcus et repartit danser.

Lexi se dirigea vers la porte et Marcus resta à sa hauteur.

— Moi aussi, j'étais en route pour partir, dit-il en ouvrant la porte pour elle.

— Merci, marmonna-t-elle en sortant dans le petit vestibule.

Elle retira son manteau en laine noire du portant et elle glissa un bras dans la manche. Marcus passa derrière elle et il l'aida.

— Euh, merci, dit-elle doucement en se sentant un peu bizarre, mais de façon agréable.

Aucun homme ne l'avait encore aidée à mettre son manteau. Le fait qu'un geste aussi simple la ravisse en disait long sur ce qu'elle attendait des hommes. Elle ne devait pas accorder tant d'importance à ses bonnes manières. Monsieur Campbell lui avait appris la politesse comme à tous les autres Campbell et leurs frères honoraires.

Il attrapa son propre manteau en laine noire et le posa sur ses épaules carrées. Leurs manteaux noirs étaient assortis. Ils étaient seuls dans le petit espace qui sembla soudain rempli par ce grand homme.

Marcus ferma les boutons de son manteau, ravi d'en avoir terminé avec cette soirée. Il avait fait bonne figure, souriant et flirtant comme d'habitude, mais le cœur n'y était pas. Il lui suffisait de regarder la piste de danse, où tous ses amis étaient abrutis de bonheur avec leurs femmes, même Ethan le dur ayant trouvé quelqu'un qui l'adorait lui et seulement lui, et son moral retombait dans ses chaussettes. Il se sentait comme un lion solitaire qui avait besoin d'un repas satisfaisant. Les femmes avec qui il avait flirté ce soir étaient trop jeunes ou trop bêtes ou elles aimaient trop faire la fête.

Il jeta un coup d'œil à Lexi. Pour elle aussi, c'était un non définitif. D'après ce qu'il avait vu, c'était une femme irritable qui détestait les hommes. Il y avait plus de chances qu'elle lui arrache la tête plutôt qu'elle flirte à son tour, ce qui expliquait pourquoi il n'avait jamais pris la peine de le tenter avec elle. De près, ses yeux marron en forme d'amande scintillaient d'intelligence. Ses longs cheveux bruns étaient remontés en chignon torsadé, sa peau légèrement bronzée était douce, son sourire, quand il apparaissait, était légèrement sournois. Elle lui rappelait l'amour de sa vie : Bitty. Douce et gracieuse, avec des griffes acérées. Ce chat lui manquait toujours.

La robe bleu marine moulante de Lexi – décolletée et tombant à mi-cuisse – avait attiré son regard plus tôt. N'importe quel homme pouvait apprécier une belle femme montrant beaucoup de peau. Ça ne signifiait pas qu'il voulait une relation avec elle. Il cherchait une femme qui l'adore. Il se dit que si Ethan pouvait le faire, Marcus en était capable également. Une femme irritable qui n'aimait pas les hommes ne correspondait pas à ce qu'il voulait. C'était la dernière célibataire de son groupe d'amies pour une bonne raison. Et le fait qu'il était presque le dernier des célibataires de son groupe d'amis ne comptait pas. Il avait *l'intention* d'avoir une relation. C'est juste qu'il avait été trop pris par le travail et par la maladie de sa mère pour s'en occuper.

Il se raidit, sortant le téléphone de sa poche. Il l'avait réglé sur vibreur. C'était un texto de sa mère qui lui demandait de faire quelques courses pour elle. C'était vendredi, et en général il faisait les courses pour elle le dimanche. Il poussa un soupir, l'état actuel de sa mère pesant lourdement sur ses épaules. Depuis qu'elle avait perdu son travail juste avant Noël, elle n'avait pas quitté la maison. Pas même pour manger avec lui dans leur café-restaurant préféré. Cela s'appelait l'agoraphobie. Il s'était senti mieux en découvrant que ça avait un nom, ce qui signifiait que d'autres personnes avaient traversé la même chose et s'en étaient remises. Jusqu'ici, il n'avait pas réussi à la convaincre d'en parler à un professionnel.

Il répondit : *Je suis à un bal de la Saint-Valentin. Je passerai après avec les courses.*

Trois points de suspension clignotèrent à l'écran pendant qu'elle rédigeait un message. Il attendit, les sourcils froncés d'inquiétude.

— Tout va bien ? lui demanda doucement Lexi.

Il leva brusquement la tête, surpris qu'elle semble sincèrement se soucier de lui. Il devait avoir l'air aussi inquiet qu'il l'était.

— Ma mère ne va pas bien.

Il regarda son téléphone.

Maman : *Merci. J'espère que tu y rencontreras une fille bien. Je suis tellement triste de te savoir seul.*

D'accord, il était seul le jour de la Saint-Valentin, entouré par tous ses amis soumis et malades d'amour, mais ça ne signifiait pas… Il déglutit. Il y avait une dignité silencieuse au fait d'être seul. Il avait lu cela quelque part. Cela faisait des années que sa mère le harcelait pour qu'il se case. Il avait trente-trois ans, ce n'était pas vieux, et il s'était déjà casé une fois, mais dernièrement elle lui avait dit qu'elle avait besoin de savoir qu'il était avec quelqu'un, car elle ne serait pas toujours là. Elle n'était pas suicidaire, elle se sentait simplement âgée à cinquante et un ans, ce qui ne paraissait pas vieux du tout à Marcus. Elle avait encore beaucoup de bonnes années devant elle, si seulement il réussissait à lui faire dépasser sa peur de quitter la maison.

Il leva lentement le regard vers Lexi, qui semblait très seule aussi, et il eut une idée folle. Et s'il conduisait Lexi chez sa mère ? Il aurait fait n'importe quoi pour rendre sa mère heureuse. Ça le rendait malade de la voir réduite à n'être que l'ombre de ce qu'elle était auparavant.

— Désolée pour ta mère, dit Lexi, quel genre de maladie a-t-elle ?

Étonnamment, il eut la gorge serrée en voyant son inquiétude. Il était l'homme de la maison depuis qu'il avait sept ans. Il n'y avait toujours eu que sa mère et lui contre le monde. Mais il n'y arrivait plus. Son état se dégradait et il était suffisamment inquiet pour lâcher la vérité :

— Ce n'est pas une maladie physique, c'est plutôt mental. Elle a été renvoyée juste avant Noël et elle n'a pas quitté la maison depuis. Cela fait presque deux mois.

— Ma tante avait ça. L'agoraphobie.

Il resta bouche bée.

— Vraiment ? A-t-elle guéri ?

Lexi hocha la tête.

— Au bout d'un moment. Ma mère et moi avons passé beaucoup de temps avec elle, afin de la soutenir et de l'encourager. Elle a également travaillé avec un psychiatre. Elle va beaucoup mieux maintenant et elle sort régulièrement.

Il se sentit étourdi par l'espoir. Lexi pouvait sans doute faire bien plus qu'égayer journée de sa mère en faisant semblant d'être la petite amie de Marcus, elle pouvait l'aider avec son agoraphobie. Lexi pouvait lui parler de sa tante et lui dire qu'elle allait bien maintenant. Sa mère accepterait peut-être enfin de s'adresser à un professionnel.

— Lexi, j'ai une proposition pour toi.

Elle écarquilla les yeux.

— Euh, merci, mais…

— Je vais t'engager pour organiser un événement dans mon bar. Tu pourras faire Mardi Gras et en retour, tu m'accompagneras quelques fois chez ma mère.

Elle l'observa.

— J'aimerais beaucoup organiser un événement, mais toi, euh, tu veux vraiment que je rencontre ta mère ? Nous nous connaissons à peine.

— Je pense que ton expérience avec ta tante pourrait l'aider. Mais je sais qu'il faudra te la mettre dans la poche, raison pour laquelle… nous ferons semblant que tu es ma petite amie. Juste pour un moment. Peut-être huit semaines.

Il pinça les lèvres avant d'ajouter :

— J'espère *vraiment* qu'elle ira mieux dans deux mois.

Lexi resta silencieuse, alors il fonça :

— C'est difficile de tout gérer à distance. Je suis en ville, elle est ici à Eastman. Quoi qu'il en soit, elle a besoin que je lui fasse des courses. Nous pourrions les acheter vite fait, les déposer, je te présente en tant que petite amie, et puis je lui dis que nous avons des projets pour la Saint-Valentin et que nous devons partir.

Elle le scruta. Il attendit avec impatience. Maintenant qu'il avait eu une lueur d'espoir, il voulait agir tout de suite. Il savait que c'était trop tôt lors de cette première visite pour parler de la tante de Lexi. Il devait amener la chose en douceur, ce qui signifiait qu'il fallait mettre le tout en mouvement maintenant en la présentant.

— D'accord, dit-elle enfin d'un air sombre.

— J'ai vraiment besoin du travail. J'ai perdu le mien il y a quelques jours, et c'est difficile de lancer une entreprise en free-lance.

Elle leva un doigt.

— Mais il doit y avoir des règles. Disons six semaines et pas d'entourloupe.

Toute la tension le quitta et il se sentit plus léger et même joyeux. Il marcha devant Lexi et il lui ouvrit la porte pour sortir.

— Aucun problème. Ce n'est pas mon genre.

Elle passa devant lui et il sentit son odeur citronnée.

— Pas de sexe.

Il ricana et la suivit dehors.

— Comme si tu étais mon genre.

Elle lui jeta un regard noir et il rit en laissant tomber une main sur sa tête et en ébouriffant ses cheveux, gâchant complètement sa coiffure. Il avait une « petite sœur », Mad, et il savait exactement comment la rendre folle. Les femmes détestaient que l'on dérange leurs cheveux.

Il sourit en observant Lexi qui essayait de sauver sa coiffure.

— Tu seras comme Mad, ma petite sœur honoraire, à me suivre partout et à me regarder avec adoration.

Elle laissa tomber sa coiffure et elle retira les épingles de ses cheveux qu'elle secoua. Ils tombèrent sur ses épaules comme de la soie. Il abandonna son sourire satisfait et il avança vite devant elle dans le parking, afin de lui ouvrir la portière du côté passager de son Audi rouge.

Elle monta dans sa voiture et leva les yeux vers lui.

— Tu traites très bien ta petite sœur, le taquina-t-elle.

Il lui fit un petit sourire.

— C'est l'influence de Joe Campbell. Il m'a appris à traiter les femmes comme je voudrais que l'on traite ma petite sœur, avec beaucoup de soin et de respect.

— Je dois donc remercier Joe. Quel homme !

Il inclina la tête avant de fermer la portière. Tout allait être facile : une fausse petite amie pour que sa mère se sente mieux, mais sans le travail nécessaire afin de rendre une femme heureuse. Un arrangement qui bénéficiait à tous les deux en résolvant leurs problèmes. Qu'est-ce qui pouvait tourner mal ?

2

———

Marcus expédia les courses. Sa mère lui avait envoyé une liste par texto. Lexi y jeta un coup d'œil et parcourut avec efficacité le rayon des fruits et légumes, lui faisant gagner beaucoup de temps. Il n'avait présenté aucune femme à sa mère depuis son ex-femme, mais la situation était désespérée. Il était son seul enfant, et son père était mort quand Marcus avait sept ans, peu après avoir été arrêté pour trafic de drogue. En échange d'une peine de prison allégée, son père avait balancé le baron de la drogue pour lequel il travaillait. Il avait été tué après avoir été libéré sous caution en attendant son procès. La mère de Marcus avait dit que tout ce que son père avait voulu, c'était rentrer à la maison auprès d'eux. Le jeune Marcus avait eu l'impression que sans lui, son père aurait vécu. C'était un lourd fardeau pour un enfant de sept ans.

Il avait été témoin des pleurs de sa mère de nombreuses nuits après ça, et il avait décidé de s'occuper d'elle. Ils étaient plus des amis que parent et enfant, car elle était presque une enfant quand elle l'avait eu, à dix-huit ans seulement. En grandissant, il lui avait semblé que sa mère allait mieux, jusqu'à ce qu'il voie sa première crise de panique quand il avait treize ans. Il avait cru qu'elle allait mourir, le cœur battant à toute vitesse, la respiration haletante. Il avait appelé une ambulance et il l'avait conduite aux urgences. Plus tard, il avait découvert que cela faisait des années qu'elle souffrait de crises de panique. Peu importe les soins qu'il lui avait prodigués, son amour n'avait pas suffi.

Et maintenant elle allait encore plus mal avec son agoraphobie. Son amour ne serait peut-être jamais suffisant pour sa mère. Il lui fallait des renforts. Dans ce cas précis : Lexi. Il n'arrivait pas à croire à la chance qu'il avait d'avoir trouvé quelqu'un qui comprenait le problème de sa mère et qui savait quoi faire. Lexi était peut-être irritable et méfiante envers les hommes, mais elle était fabuleuse avec les femmes. Il suffisait de voir toutes ses amies proches et comme elle avait aidé sa tante à guérir. Et pour être honnête, elle était devenue bien moins irritable quand il lui avait raconté ce qu'avait sa mère.

Il rejoignit Lexi à la caisse et il paya tout.

— Dois-je savoir autre chose au sujet de ta mère ? demanda-t-elle quand ils furent installés dans la voiture.

— Elle s'appelle Lia. Elle était secrétaire. Elle est adorable. Calme et douce.

— D'accord, un peu comme Sabrina.

Leur amie commune Sabrina était conseillère conjugale.

— Ma mère n'est pas aussi douée avec tout ce qui est émotionnel que Sabrina, mais oui, gentille comme elle.

Ils roulèrent quelques minutes en silence, pendant qu'il pensait à sa mère. Il était inquiet de la voir simplement assise sur le canapé jour après jour. Elle faisait des mots croisés, regardait la télé, lisait, mais n'avait aucun lien avec le monde extérieur. Même les amies de son ancien travail avaient arrêté d'insister, et cela faisait pourtant vingt ans qu'elle travaillait là-bas. C'était maintenant à lui de gérer. Tant qu'il ne la poussait pas dans ses retranchements, elle semblait aller bien. Mais dès qu'il abordait le sujet d'une aide professionnelle, ou même l'idée de se promener avec lui, elle devenait anxieuse, agitait les mains en l'air, s'approchait de sa chambre qui était son sanctuaire.

Il se gara dans l'allée de la maison de style ranch qu'il lui avait achetée quelques années auparavant. C'était la première maison dans laquelle elle avait vécu – après des années à vivre dans un appartement – et elle l'adorait. Elle avait un potager à l'arrière. Peut-être que quand il ferait plus doux, elle sortirait un peu pour jardiner.

Il ouvrit le coffre, rassembla les sacs de courses et se dirigea vers la porte d'entrée. Lexi le suivit et elle vint se placer à côté de lui sur la petite terrasse en béton, l'air un peu nerveux.

— Il te suffit de paraître décontractée, lui dit-il. Suis mon exemple.

Il appuya sur la sonnette et il attendit. Il avait envoyé un message à sa mère depuis le supermarché, en lui disant qu'il était en route, afin qu'elle sache que c'était lui.

Il entendit glisser la chaîne, puis le verrou, et sa mère ouvrit enfin lentement la porte. Elle était petite, un peu plus que Lexi, et elle portait un peignoir en polaire verte par-dessus son pyjama. Il était un peu plus que vingt et une heures, mais ce n'était pas la raison pour laquelle elle était en peignoir et pyjama. Elle ne prenait plus la peine de s'habiller, comme si cela empêchait de quitter la maison. Elle s'arrêta brusquement en voyant Lexi et elle écarquilla ses yeux marron.

— Maman, je suis venu avec Lexi parce que nous fêtons la Saint-Valentin ensemble.

— Bonsoir ! dit joyeusement Lexi. Ravie de vous rencontrer.

Sa mère remit ses cheveux bruns qui lui arrivaient au menton en place et elle ferma le peignoir autour d'elle.

— Bonsoir, dit-elle doucement avant de jeter un regard noir à Marcus. Tu ne m'as pas dit que tu venais accompagné. Je n'étais pas prête.

Il leva les sacs dans ses deux mains.

— J'ai apporté tout ce dont tu as besoin. Nous ne restons pas longtemps. Nous devons retourner à notre Saint-Valentin.

Sa mère recula en les laissant entrer.

— Bien sûr. Merci d'avoir pris le temps de récupérer mes courses. Tu as dit que tu venais à Eastman, alors…

Elle pinça les lèvres.

— Je suis désolée d'avoir interrompu votre soirée spéciale.

Il se rendit à la cuisine, suivi par les deux femmes.

— Aucun problème. Je voulais que tu rencontres Lexi de toute façon.

Il posa les sacs sur le comptoir.

— Lexi, voici l'incroyable Lia Shepard, reine de la paella.

Sa mère était née ici, mais sa famille était d'origine espagnole.

Sa mère rougit.

— Marcus !

Elle se tourna vers Lexi.

— Il exagère. Il mangerait n'importe quoi.

— J'adore la paella, dit Lexi en retirant son manteau.

— Tu as une robe magnifique, dit sa mère. Je suis vraiment gênée que tu me surprennes en peignoir.

— Aucun problème, je suis quelqu'un d'assez décontracté.

— Veux-tu boire quelque chose ? J'ai de l'eau ou du lait.

Au moins, il n'avait pas à s'inquiéter que sa mère se mette à boire. Elle avait toujours vécu sainement, même si son père n'avait pas vu comme un problème de goûter occasionnellement les drogues qu'il vendait.

— De l'eau, ce serait parfait, dit Lexi en s'asseyant à la petite table ronde de la cuisine, le manteau posé sur ses genoux.

La table était couverte d'une nappe blanche ornée de fleurs brodées à la main. Sa mère aimait les jolies choses et elle était douée pour beaucoup de travaux domestiques. Elle avait toujours été casanière, mais jamais jusqu'à cet extrême.

Sa mère ouvrit le placard puis se rendit à l'évier pour servir de l'eau à Lexi avant de la rejoindre à table.

Il vida les sacs et commença à ranger la nourriture, laissant traîner l'oreille pour écouter la conversation de sa mère et de Lexi.

— Alors, comment as-tu rencontré Marcus ? demanda-t-elle.

Lexi répondit d'une voix très convaincante :

— Nous avons beaucoup d'amis en commun, alors vous savez comment ça se passe. Nous nous sommes rencontrés quelques fois, il a joué les charmeurs, et puis nous avons fini par sentir un vrai lien.

Il sourit intérieurement. Cela aurait très bien pu arriver. Il était effectivement charmeur.

— Sortez-vous ensemble depuis longtemps ? demanda sa mère avec curiosité.

— Chéri, ça fait combien de temps ? lui demanda Lexi.

Elle lui refilait la patate chaude.

— Notre anniversaire d'un mois arrive demain, dit-il sans les regarder.

Sa mère savait lire le mensonge dans ses yeux. C'était un petit mensonge pour lui faire du bien. Il n'aurait pas dû se sentir si coupable.

— Vis-tu ici ou dans la grande ville ? demanda sa mère à Lexi. Quel genre de travail fais-tu ? As-tu de la famille près d'ici ?

Le flot de questions était bon signe. Cela faisait longtemps que sa mère ne s'intéressait plus à grand-chose. Il espérait que ça ne gêne pas Lexi. Il lui jeta un coup d'œil.

— Je suis organisatrice d'événements en entreprise, répondit-elle avec un sourire. Je vis près d'ici à Clover Park et je fais des allers-retours à la ville pour travailler. Mes parents vivent environ à quarante-cinq minutes. Mon grand frère vit à une heure de route avec sa femme. Tout le monde est encore dans le Connecticut.

— C'est super, dit sa mère avec enthousiasme.

Il se détendit. Cela se passait encore mieux qu'il ne l'avait espéré.

Lexi hocha la tête avant de prendre un air sérieux.

— Marcus m'a dit que vous aviez perdu votre emploi récemment. Je sais comme c'est dur. J'ai perdu le mien aussi. Avez-vous des pistes pour faire autre chose ?

Marcus se raidit. C'était bien trop direct. Merde. Il aurait dû briefer Lexi pour qu'elle y aille en douceur. Même lui ne pouvait pas obtenir ce genre d'informations auprès d'elle. Il ne savait pas si sa mère avait arrêté de chercher du travail ou si elle avait essuyé de nombreux refus. Pendant un moment, il lui avait transmis des offres d'emploi, mais elle avait arrêté de vérifier ses e-mails.

La voix de Lia devint aiguë et nasillarde.

— On dirait que Marcus a partagé beaucoup d'informations sur moi alors qu'il ne m'a pas dit grand-chose sur toi.

Il se tourna, jeta un regard à Lexi signifiant *du calme*, et expliqua à sa mère :

— Lexi m'adore, alors elle a voulu tout savoir sur ma vie. Tu en fais évidemment partie.

Sa mère fronça les sourcils, toujours mécontente qu'il ait révélé tant de choses sur elle.

Lexi intervint :

— C'est vrai que je lui ai posé beaucoup de questions. À vrai dire, ma tante avait le même problème que vous avec l'agoraphobie, et...

— Une phobie !

Sa mère posa la main sur sa gorge.

— Je n'ai pas de phobie.

Marcus grimaça.

— Mon amie Sabrina est thérapeute, continua Lexi, apparemment sans remarquer l'agitation de Lia. Nous devrions la faire venir ici pour vous rencontrer. Elle aura sans doute des astuces pour vous aider avec votre trouble.

— Quel trouble ? demanda sa mère, en tournant de grands yeux paniqués vers lui. Marcus ?

— Pas un trouble, vraiment, dit-il. J'ai simplement mentionné que tu n'es pas souvent sortie. Lexi a peut-être pensé que la visite à domicile d'une thérapeute serait profitable.

— Je n'ai pas besoin de thérapeute, dit-elle en se levant brutalement. Je vais bien.

Elle agita les mains en l'air et son regard parcourut la pièce.

— J'ai simplement besoin de retrouver du travail. C'est tout.

Elle fit un pas en arrière.

— Maman, tout va bien.

— J'ai mal compris, expliqua Lexi d'une voix apaisante.

— Tu ne me connais pas, dit sa mère d'une voix qui tremblait. Comment oses-tu venir ici et dire toutes ces choses terribles !

Elle tourna les talons et s'enfuit de la pièce, retournant sans doute au sanctuaire de sa chambre.

Il se frotta les tempes.

Lexi se leva.

— Je vais aller m'excuser. Je ne voulais pas aller trop loin.

Il secoua la tête.

— Je m'en occupe.

— Dis-lui que je m'excuse, d'accord ? Je voulais seulement l'aider.

Il hocha la tête une fois, finit de ranger la nourriture dans les placards et le frigo, inspira profondément et se dirigea vers la chambre de sa mère.

Il frappa à la porte. Pas de réponse.

— Maman, c'est moi. Je viens te dire au revoir.

— Entre.

Il ouvrit la porte. Elle était assise contre la tête de lit avec la télévision allumée. Elle attrapa la télécommande et coupa le son.

— Ferme la porte derrière toi, dit-elle.

Il le fit avant de venir à côté d'elle.

— Pardon si Lexi a dépassé les bornes. Elle voulait bien faire. Elle se sent mal et elle m'a demandé de te faire passer ses excuses. Je ne pensais pas que tu voudrais la voir ici.

— Je ne l'aime pas. Elle est grossière, elle n'a aucune sensibilité. On n'arrive pas chez quelqu'un sans se faire annoncer avant de se mettre à critiquer et à déverser des conseils. Il est évident qu'elle ne respecte pas ses aînés…

— Maman, tu n'es pas du tout une aînée.

Sa mère serra les doigts dans la couverture.

— Je suis son aînée et elle m'a manqué de respect. Je ne veux plus la voir ici, est-ce clair ? Elle n'est pas la bienvenue dans ma maison.

Il passa une main sur son visage. Il aurait vraiment dû préparer Lexi. Ceci devait être la première étape de l'aide apportée à sa mère. Maintenant, c'était complètement raté.

Quel espoir avait-il de l'aider tout seul ? Elle ne voulait pas l'écouter. Il ne savait pas du tout quoi faire.

Sa mère lui saisit la main avec ses doigts glacés.

— Jure-moi que tu ne verras plus cette fille.

Elle était dans un état fragile et il ne voulut pas la contrarier davantage.

— Je le jure.

Il lui serra la main.

— Envoie un message ou appelle-moi si tu as besoin d'autre chose.

Elle s'installa sous les couvertures qu'elle remonta jusqu'à son menton.

— Merci, Marcus.

Il sortit, portant à nouveau le lourd fardeau sur ses épaules. Juste avant de passer la porte, il maugréa dans sa barbe :

— Nous nous marions la semaine prochaine.

— Il faudra me passer sur le corps, appela sa mère.

Cette femme avait une ouïe surnaturelle.

Bon, ça s'était très mal passé.

Il trouva Lexi debout dans le salon, le manteau déjà enfilé. Il inclina la tête vers la porte.

— Allons-y.

Dès qu'ils furent à l'extérieur, Lexi demanda :

— Lui as-tu dit que je m'excusais ? Est-elle encore fâchée contre moi ?

Il ne pouvait pas lui dire qu'elle était bannie de la maison de sa mère et de sa vie pour toujours, alors il resta évasif.

— C'est juste qu'elle est très sensible.

— Je me sens très mal.

— Pardon de t'avoir entraînée là-dedans.

L'échec n'était pas une option, mais il ne lui restait pas beaucoup de solutions. Il ouvrit la portière et la referma derrière elle.

Lorsque la voiture fut engagée sur la route, Lexi rompit le silence :

— Tu devrais vraiment faire venir Sabrina. Elle pourrait commencer des séances individuelles. Je suis sûre qu'elle accepterait de faire le déplacement. Et puis, plus tard, ta mère pourrait aller voir un professionnel dans un cabinet.

Il serra la mâchoire.

— Tu ne comprends donc pas ? Elle a détesté cette idée. N'as-tu pas vu comme elle a été contrariée par cette suggestion ?

— A-t-elle rencontré Sabrina ?

— Non.

— Alors elle ne sait pas comme c'est facile de lui parler. Ne trouves-tu pas que c'est réconfortant d'être à proximité de Sabrina ? Elle est toujours si calme et posée, sa voix est agréable et douce. C'est quelqu'un de stable.

Il secoua la tête.

— Elle n'est pas prête. Si j'insiste trop, ça ne fera qu'empirer.

Elle resta silencieuse un moment.

Il serra le volant entre ses doigts.

— Écoute, ce n'est pas ton problème.

— Mais je veux vous aider. L'agoraphobie est tellement contraignante. Pourquoi pas un chien de thérapie ? Hailey pourrait en trouver un par l'intermédiaire de l'entraîneur qu'elle a utilisé pour Rose.

Il s'arrêta au feu rouge et il se tourna vers elle.

— C'est peut-être bien une bonne idée. Elle serait concentrée sur les soins du chien. Elle pourrait même commencer à le sortir.

— Oui, et puis elle possède un jardin grillagé, alors elle n'aurait pas trop la pression. Elle pourrait le laisser courir dans le jardin jusqu'à ce qu'elle soit prête à sortir un peu plus loin.

Il sourit, vraiment content de cette nouvelle idée. Il avait été tellement coincé. Lexi avait merdé, mais elle avait de bonnes intentions.

— Tu sais, j'ai juré à ma mère de ne plus te voir, mais tu n'es pas si terrible.

Elle laissa tomber la mâchoire.

— Oh, mon Dieu, elle t'a fait jurer ? Elle doit vraiment me détester. Marcus, il faut que j'y retourne pour régler ça.

— Non, pas la peine. Tu m'as donné une solution réalisable. C'est tout ce dont j'ai besoin.

Elle se tordit les mains.

— Je me sens tellement mal.

Le feu passa au vert et il appuya sur l'accélérateur.

— Ne t'inquiète plus pour ça. Je lui dirai que nous avons rompu la prochaine fois que je la verrai.

— Quel désastre, murmura Lexi. Échec majeur de fausse petite amie.

— T'as raison.

— Merci.

Il secoua la tête en pensant à la situation.

Elle enroula une mèche de cheveux autour de son doigt.

— Comment se fait-il que ta mère n'ait personne ? Ton père n'est pas là ? Pas de famille ? Pas d'amis ?

Il fut surpris qu'elle se soucie de sa mère qui l'avait pourtant rejetée.

— Ses amis ont laissé tomber au bout d'un moment. Elle ne les rappelait pas et elle n'allait jamais les voir. Et je suis sa seule famille en dehors de mes grands-parents, mais ils ne vivent pas près d'ici. Pas de frère ni de sœur, et mon père est mort quand j'avais sept ans.

Sa mère avait insisté pour ne pas ennuyer ses parents, qui profitaient de leur retraite bien méritée en Floride.

Ce n'était pas la première fois qu'il se demandait en quoi la vie de sa mère aurait été différente si son père avait vécu. Peut-être n'aurait-elle jamais eu de problèmes. Elle avait aimé le père de Marcus, et Marcus l'avait aimé aussi. Son père n'avait pas été un homme violent, juste un arnaqueur cherchant de l'argent facile. Un charmeur, avait toujours dit sa mère. Apparemment, les chiens ne font pas des chats.

— Je suis désolée, dit doucement Lexi. C'est dur pour toi.

Il avala la boule dans sa gorge, encore surpris par Lexi. Elle avait su voir sa véritable angoisse malgré sa façade joyeuse chez sa mère. Toute sa vie, il avait essayé d'aider sa mère, et son état ne faisait qu'empirer, depuis les pleurs aux crises de panique à l'agoraphobie. Son amour ne suffisait pas.

Son amour n'avait pas non plus été suffisant pour sa

femme. Ils avaient divorcé quatre ans plus tôt. Une relation désastreuse : la trahison, l'infidélité, les mensonges.

Son amour ne suffirait peut-être jamais à personne. Peut-être ne suffisait-il pas lui-même.

— Marcus, ça va ?

Il sortit de sa rêverie, repoussant ses idées noires.

— Elle ferait tout cela pour moi si nos situations étaient inversées. Ça a toujours été ma mère et moi contre le monde.

— C'est *vraiment* dur pour un enfant.

Sa mère avait fait du mieux qu'elle pouvait. Son instinct protecteur donna un ton plus dur à sa voix :

— J'ai trente-trois ans, je suis un adulte qui a pris sa vie en main. Cela signifie que je m'occupe d'elle.

Elle se tut.

Il se sentit mal. Lexi essayait seulement d'être une bonne amie.

— J'ai été trop dur ? demanda-t-il.

— Non. À vrai dire, c'était parfait. J'aime bien mieux un adulte qui a pris sa vie en main plutôt qu'un séducteur charmant.

— Ah oui ?

— Oui.

— Ah.

Ce n'était pas ce qu'il avait vu chez d'autres femmes. En général, le flirt était très utile.

Elle s'agita un peu sur son siège et elle lui fit un petit sourire avant de détourner la tête et de regarder par la vitre.

Elle ne semblait pas vraiment détester les hommes, maintenant. Elle était un peu indélicate, mais aussi très franche. Pas besoin de conneries avec elle. Pas de jeux. Juste la vérité. Bon sang, elle commençait à lui plaire.

3

Lexi ne dévorait pas plus Marcus des yeux que Sabrina et Ally, alors ce n'était qu'un comportement féminin normal. Il était couvert de sueur et incroyablement musclé en débardeur blanc et en pantalon de sport noir.

Ils étaient à l'appartement de Sabrina ce dimanche afin de l'aider à déménager dans la maison de Logan, son fiancé. Les femmes emballaient les plats et le bazar de la cuisine pendant que les hommes – Marcus, Logan et Ethan – sortaient ses meubles. Logan était musclé et sportif et Ethan, le fiancé d'Ally, était en très bonne forme en tant que flic. Malgré tout, les muscles de Marcus étaient si massifs qu'elle aurait parié qu'il pouvait porter seul le canapé qu'il aidait à déplacer.

— Tourne-le sur le côté, dit Marcus à Logan.

Logan venait d'atteindre la porte d'entrée ouverte avec son côté du canapé. Il le fit pivoter et le canapé passa, les deux hommes sortant par la porte. Ethan les suivit en portant la table basse.

Sabrina se dirigea vers le salon, se penchant pour ramasser quelque chose sur le tapis à l'endroit où s'était trouvé le canapé. Elle avait attaché ses longs cheveux châtains en queue de cheval. Elle leva les yeux vers ses amies : ses yeux marron brillaient et ses joues rondes rayonnaient, sans doute à cause d'une partie de jambes en l'air matinale avec

Logan. Elle avait avoué que Logan ne pouvait s'empêcher de la toucher et vice versa.

— Les filles ! Regardez ce que j'ai trouvé ! Vous vous souvenez ?

Lexi vit quelque chose de petit et marron. *Euh...*

Sabrina rejoignit Lexi et Ally dans la cuisine.

— Ça vient de la fête du Super Bowl de l'année dernière.

C'était un petit ballon sur une pique. Sabrina en avait piqué plusieurs sur le gâteau au chocolat qu'elle avait décoré en terrain de foot américain. Elle aimait trop la nourriture pour colorer en vert le glaçage au chocolat, alors elle avait utilisé de petites quantités de glaçage vert sur les bords. Sabrina était vraiment une fée du logis, et Lexi avait été terriblement gâtée à force de passer chez Sabrina au bout du couloir, dévorant des repas et des desserts faits maison. Elle allait vraiment lui manquer. Sa gorge se serra. C'était nul.

— C'était une chouette soirée, dit Lexi dont la voix se brisa.

Elle se racla la gorge.

— Je n'arrive pas à croire que vous me laissez toute seule ici.

Tout avait été tellement bien pendant un moment ici avec Ally, Sabrina et Missy vivant sur le même palier. C'était presque comme à la fac, elles passaient se voir quand elles en avaient envie. Maintenant, Ally vivait avec Ethan, Missy vivait avec Ben, son fiancé – tous les deux étant partis en voyage romantique à Aruba – et Sabrina emménageait avec Logan.

Sabrina la serra dans ses bras.

— Ooh, Lexi, nous viendrons te rendre visite.

— Moi aussi, vous me manquez, dit Ally en poussant sa frange blonde sur le côté. Ce n'est pas pareil maintenant que nous ne vivons plus dans le même immeuble.

Elle serra le bras de Lexi.

— Ça doit être assez nul d'être la dernière ici.

Ethan revint et fit un clin d'œil à Ally. Il avait les cheveux châtains courts et des yeux bleus, de la même couleur que ceux d'Ally, sauf que leur personnalité était complètement opposée. Ethan était un dur qui souriait rarement, et Ally était pétillante et enthousiaste. Ally lui sourit comme s'il était un dieu du sexe enrobé de chocolat.

Lexi poussa un soupir. Saloperies de couples qui vous faisaient subir leur bonheur mièvre. Non pas qu'elle jalousait le bonheur de ses amies. C'était juste que ce n'était plus pareil entre elles. C'était tout le temps « laisse-moi en parler avec Ethan » ou « je vais voir si Logan peut venir aussi ».

Lexi se remit à emballer les tasses de café de Sabrina.

Sabrina s'appuya contre le comptoir à côté de Lexi.

— Que se passe-t-il entre Marcus et toi ? Il n'arrête pas de te regarder, et je t'ai vue le mater.

Lexi respira brusquement. Lui aussi, il la regardait ? Elle ne l'avait pas remarqué. Un picotement chaud parcourut sa peau.

Ally ferma un placard et se tourna vers Lexi.

— Oui, depuis combien de temps ça dure ? Je vous ai vus flirter comme des malades au bal de la Saint-Valentin.

Ethan se précipita hors de l'appartement avec une petite table, sans doute mal à l'aise à cause de leur discussion de filles.

— On ne flirtait pas, dit Lexi. Il m'aidait à éviter un type ivre.

Elle ne précisa pas qu'il s'agissait de l'oncle de Sabrina, ne souhaitant pas qu'elle se sente mal.

— Je t'ai vue quitter le bal avec lui, dit Ally. Crache le morceau.

Ses amies voyaient vraiment tout.

Elle ne pouvait pas leur parler de son marché avec Marcus de deux jours auparavant, à la fois parce que c'était maintenant annulé et parce qu'il voulait peut-être que le problème de sa mère reste secret. Elle s'était sentie si mal d'avoir tout raté avec sa mère qu'elle avait dit à Marcus de ne pas s'inquiéter au sujet de l'événement qu'il avait proposé en échange. Il voulait quand même l'aider, mais elle était trop gênée.

Lexi haussa une épaule.

— Il se trouve simplement que nous partions en même temps. Maintenant, vous êtes au courant de tout.

Elle n'avait pas parlé à Marcus depuis ce soir-là, ce qui n'était pas inhabituel. Ils ne se connaissaient pas très bien. Elle n'avait même pas son numéro. Cependant, il avait le sien sur sa carte de visite. Non pas qu'elle s'attende vraiment à quoi que ce soit. C'était juste qu'il était si adorable avec sa mère qu'elle avait eu l'impression d'apercevoir une nouvelle facette de Marcus.

Sabrina hocha la tête.

— C'est bien. Il n'a pas l'air capable de rester avec une seule femme. Logan dit que Marcus a fréquenté trois femmes en même temps. Ce n'est vraiment pas quelqu'un dont on peut s'attendre à ce qu'il ait une relation engagée et monogame. Il déclenche de nombreux signaux d'alarme. Ce qui ne veut pas dire qu'il n'est pas gentil. Logan est proche de lui, alors ce doit être quelqu'un de bien, c'est juste qu'il n'est pas un bon parti.

Et voilà, Mesdames et Messieurs ! La conseillère conjugale a fait son diagnostic et il n'est pas bon !

—OK, dit Lexi.

Sabrina n'avait pas tort. Marcus était un bon ami, mais pas plus que cela. Elle avait vu apparaître son bon côté : la façon dont il s'occupait de sa mère et le fait qu'il voulait quand même remplir sa part du marché alors qu'elle avait fait foirer la sienne en tant que fausse petite amie. Elle avait entendu la rumeur au sujet des trois femmes en même temps, avait également entendu qu'il ne croyait pas en la monogamie, et qu'il laissait les femmes dévastées sur son passage, toutes croyant apparemment qu'elles étaient spéciales alors qu'il y en avait beaucoup d'autres. De toute évidence, il leur mentait, les trompait et les laissait croire qu'il y avait de véritables sentiments entre eux. Malheureusement, elle connaissait très bien ce type d'homme : son ex, Noah, avec sa préférée de la semaine, et les liaisons de son père avec sa mère très patiente qui pleurait et puis qui le pardonnait encore et encore. Lexi avait fait tellement d'efforts pour réconforter sa mère quand elle était petite. Puis, plus grande, elle avait supplié sa mère de passer à autre chose ou au moins de se défendre. Et le grand frère de Lexi était exactement comme leur père, trompant déjà sa femme enceinte récemment épousée, une femme adorable que Lexi aimait beaucoup et pour laquelle elle ressentait de la compassion.

Les raisons de ne pas être avec Marcus s'accumulaient : c'était un menteur infidèle, sa mère la détestait, et ses amies n'approuvaient pas. Le tiercé gagnant. Non merci. Alors pourquoi se sentait-elle si déçue ? Les rumeurs à son sujet étaient-elles fausses ? Elle avait des difficultés à les réconcilier avec la gentillesse qu'elle avait vue en lui.

Ally leva les sourcils en regardant Sabrina, ses yeux bleus pétillant d'espièglerie.

— Peut-être que Lexi veut seulement s'amuser un peu.

Elle se tourna vers Lexi.

— Tu as envie de le baiser, hein ?

Lexi ricana en entendant cette question sans détour.

— Ally ! s'exclama Sabrina.

— Je suis désolée, dit Ally qui n'avait pas l'air désolé du tout. C'est juste qu'il transpire le sexe. J'aurais mieux fait de dire que tu apprécierais des préliminaires ?

Lexi éclata de rire.

Logan et Marcus entrèrent dans la pièce.

— Qu'y a-t-il de si drôle ? demanda Logan en souriant déjà.

Il était terriblement mignon quand il souriait, ses yeux marron étincelant de bonne humeur. Sa barbe châtain était canon aussi.

— Rien, dit Sabrina d'un ton pincé. Ally a dit quelque chose d'inapproprié.

Ethan entra dans la cuisine, n'ayant d'yeux que pour son amour.

— Ally adore ce qui est inapproprié.

Ally rit.

— C'est vrai, c'est terrible.

Ethan sourit, son visage s'illuminant comme si Ally était le soleil et qu'il la vénérait.

— C'est génial.

— Et maintenant ? demanda Marcus, les mains sur les hanches, laissant voir ses pectoraux sculptés et ses abdos marqués sous son haut. Il brillait de sueur depuis ses épaules énormes jusqu'aux bosses massives de ses biceps et sa poitrine et ses abdos… un paradis de testostérone.

— La table de la salle à manger ?

Les trois femmes le fixèrent. Impossible de détourner le regard de ce mâle sexy en sueur.

— Oui, prenons d'abord les chaises, dit Logan.

Quelques minutes plus tard, les hommes sortirent avec une paire de chaises chacun.

— Waouh, s'exclama Ally en s'éventant le visage avec la main. Je comprends pourquoi tu le mates autant, Lex ! Il ressemble à un mannequin – oooh, encore mieux – à un de ces stripteasers sexy !

— Ce n'est pas parce qu'il est musclé que c'est un stripteaser, dit Sabrina d'un ton neutre.

Lexi pensa à Marcus en train de se déshabiller. Elle rougit et repoussa vite cette image de son esprit. Elle s'agenouilla pour fermer les rabats du carton qu'elle avait rempli, essayant de cacher sa réaction gênante.

Ally sortit des boîtes en plastique d'un placard.

— Il est *comme* un stripteaser. Je sais qu'il possède un bar. Allez, Lexi ! C'est *nous*. Tu ne vas pas me dire que tu as l'intention d'ignorer cet étalon ?

— Que veux-tu que je te dise ? demanda-t-elle en tenant le carton fermé d'une main et en levant l'autre vers le comptoir pour attraper le ruban adhésif. Marcus est le sexe personnifié. C'est un étalon magnifique, à vous faire fondre la culotte. On pourrait avoir un orgasme en le baisant des yeux. Et c'est un homme responsable. Qu'est-ce qui pourrait être mieux que ça ?

— Merci, répondit Marcus.

Lexi poussa un petit cri de surprise, tombant presque à la renverse. Elle jeta des regards féroces à ses amies qui ne l'avaient pas avertie de son retour. Sabrina fit une grimace d'excuse. Ally haussa les épaules et chuchota :

— Il vient juste d'arriver.

Elle se leva lentement vers lui, les joues cramoisies. Et elle n'était pas du tout du genre à rougir.

Il la fixa pendant un moment affreusement gênant.

— Discussion entre filles, dit-elle en espérant vraiment qu'il n'ait rien entendu avant la partie sur son attitude responsable.

Il leva le menton.

— J'avais compris.

Logan et Ethan revinrent, et Marcus partit les aider à porter la table de la salle à manger, un petit sourire aux lèvres.

Elle resta parfaitement immobile, paralysée de honte, attendant que les hommes sortent. Dès qu'ils eurent passé la porte, elle se tourna vers ses amies.

— Qu'a-t-il entendu ?

— Je crois qu'il est arrivé ici à « orgasme », dit Ally d'un ton pragmatique. Mais il a peut-être entendu davantage depuis le couloir. La porte est ouverte et tu as parlé assez fort.

Sabrina hocha la tête.

— Un orgasme en le baisant des yeux. Tu es en forme ! Je suis restée figée quand il est arrivé.

Lexi se couvrit le visage des deux mains.

— Je ne crois pas avoir déjà eu autant honte de ma vie.

Quelqu'un lui frotta le dos pour la réconforter. C'était Ally.

— Ne te plains pas, si c'est là ta pire honte. J'ai fait des choses bien plus gênantes.

Lexi laissa tomber les mains et lui jeta un regard noir.

— J'en doute.

Ally sourit.

— Devine où j'étais quand Ethan et moi avons parlé pour la première fois.

— Tu étais à ta réunion d'anciens élèves de la fac, n'est-ce pas ? dit Lexi.

— Oui, mais bien pire. C'était dans les toilettes pour hommes de l'hôtel où avait lieu la réunion. Je me cachais dans une des cabines, pleurant comme une madeleine au sujet de mon ex, et il est entré. J'étais là, à espérer qu'il ne me remarque pas, et puis il s'approche de la cabine, s'identifie en tant qu'officier de police et demande si j'ai besoin d'aide.

C'était assez terrible. Super gênant. Elle imaginait bien Ethan le dur prêt à la sauver en mode flic pendant qu'Ally sanglotait dans les toilettes pour hommes. Les larmes, c'était privé.

— Pourquoi… commença à demander Lexi.

— Il y avait la queue devant les toilettes pour femmes, répondit Ally en anticipant sa question.

Lexi se sentit un peu mieux en apprenant cela. Elle supposa que la honte partagée était à moitié divisée. Et tout s'était bien terminé pour Ally et Ethan, alors elle ne se sentait pas mal d'apprécier l'histoire.

Sabrina grimaça.

— Lex, la raison pour laquelle je t'ai avertie de ne pas fréquenter Marcus tout à l'heure, c'est parce que nous nous sommes organisés ce matin pour qu'il reste ici quelques mois, pendant que mon bail est encore en place. Ce n'est qu'un mi-temps, du dimanche au mercredi, afin qu'il puisse voir sa mère plus souvent. Mon bail se termine en juin. Il a été assez gentil pour me proposer de payer une partie du loyer, mais Logan s'en est déjà occupé pour moi.

Le cerveau de Lexi était coincé sur « reste ici quelques mois ». Elle fixa Sabrina, hébétée.

— Ici ? Il va vivre ici ? Dans ton vieil appartement ? Sur le même palier que moi ?

— Oh, on ferait mieux de lui donner de l'eau, dit Ally en cherchant un verre.

— Viens, assieds-toi, suggéra Sabrina en tapotant une chaise de cuisine.

Lexi était trop stupéfaite pour bouger. Ally et Sabrina la poussèrent vers la chaise et elle se laissa tomber lourdement. Ses amies lui parlèrent de façon apaisante, mais elle n'arrivait pas à se concentrer sur elles, son esprit se focalisant sur le fait alarmant de Marcus vivant au bout du couloir. Son nouveau voisin, l'étalon magnifique, à vous faire fondre la culotte, qui pouvait donner un orgasme si on le baisait des yeux et qui était responsable. L'homme dont elle savait qu'il ne fallait pas qu'elle s'approche alors qu'une part d'elle était attirée par lui. Résister à Marcus quand elle vivait ici et lui dans la grande ville était facile, mais au bout du couloir ?

Les hommes revinrent.

Elle sentit le regard de Marcus sur elle et elle vit son regard inquiet.

— Pourquoi vis-tu ici ? demanda-t-elle d'une voix forte et bien trop aiguë.

— Afin de m'occuper de ma mère, répondit-il. Est-ce un problème ?

Sa mère. Il avait réorganisé tout son emploi du temps pour prendre soin d'elle. Voilà encore beaucoup de positif. Elle était dans la merde.

Elle garda une voix calme et posée.

— Non, ce n'est pas un problème.

— Bien.

Elle ne sembla plus pouvoir s'arrêter de parler, alors que tout le monde les regardait avec curiosité.

— C'est juste que je vis à l'autre bout du couloir, alors, euh, je suppose que nous serons voisins.

Mais tais-toi.

Il leva un sourcil et souleva le bas de son débardeur pour essuyer la sueur de son visage. Elle baissa les yeux vers ses tablettes de chocolat, les muscles saillants de ses flancs et le sentier sombre menant à une bosse conséquente. Elle eut des papillons dans le ventre et une douleur diffuse mêlée à une pulsation entre ses jambes l'inquiéta. Putain, putain, putain. Pourquoi ne pouvait-elle pas être immunisée contre ça ?

— Ethan aussi possède ces crêtes le long des abdos, dit Ally à Sabrina.

— Logan a seulement les abdos, répondit Sabrina.

Marcus laissa retomber son débardeur en place et il se tourna vers les autres.

— Vous vous êtes déjà sentis comme un bout de viande ?

— Oui, et c'est agréable, dit Ethan. Viens là, bébé.

Ally lui vola presque dans les bras.

Logan courba le doigt vers Sabrina et elle flotta vers lui en souriant.

— On passe aux meubles de la chambre ensuite, annonça Logan avec un bras autour de Sabrina. Puis les cartons, et ce sera tout. J'ai une glacière pleine de bières et nous commanderons des pizzas pour vous remercier de votre aide. Ça vous va ?

— Oui, finissons, dit Ethan en serrant une dernière fois Ally contre lui.

Les hommes partirent dans la chambre.

Ally entra dans la cuisine.

— Allez, finissons ces cartons. Ethan a apporté un chariot, alors il ne faudra pas longtemps pour tout sortir. Puis nous aurons terminé !

Sabrina les rejoignit dans la cuisine et jeta un regard compatissant à Lexi.

— Ça va ?

Lexi jeta les bras en l'air.

— Peu importe ! Les hommes, hein ? On ne peut pas vivre avec, et on ne peut pas baiser sans.

Ally gloussa et Sabrina lui donna un coup de coude en secouant la tête.

— Remettons-nous au travail, dit Lexi, bien décidée à ignorer la tentation que représentait Marcus Shepard.

Même si ladite tentation vivait au bout du couloir.

4

———

Mardi, Lexi rassembla toutes ses amies pour se rendre à une soirée filles offrant les boissons à moitié prix au Garner's Sports Bar & Grill. Cela faisait un moment qu'elles n'étaient pas sorties entre filles, et il lui tardait de passer du temps avec elles sans leurs amoureux.

Elle se gara et marcha vite vers la porte, accueillie par une chaleur agréable. Elle aperçut tout de suite ses amies qui étaient rassemblées d'un côté du long bar en bois de cerisier sombre.

Son cœur se mit à battre très fort. Marcus était lui aussi assis au bar. Il avait le dos tourné vers elle, et il portait une chemise bleu clair étirée sur son dos large. Il parlait avec Josh Campbell, le barman et gérant de l'endroit. Maintenant que Marcus était en ville du dimanche au mercredi, il devait traîner avec ses amis locaux. Elle ne l'avait pas croisé dans l'immeuble depuis qu'il avait emménagé deux jours auparavant. Elle admettait être un peu déçue. Il avait fini par lui plaire, malgré les rumeurs et les avertissements de ses amies.

Elle traîna un tabouret jusqu'à l'extrémité du bar à côté de Hailey et elle observa tout le monde.

— Salut, mesdames, comment ça va ?

Mad réagit tout de suite avec un grand sourire. C'était la plus jeune des Campbell et un vrai garçon manqué. Ses cheveux poussaient dans tous les sens, inégaux, et presque jusqu'aux épaules, bruns en haut, et rouge pompier sur les pointes. Elle laissait ses cheveux revenir à leur couleur brune naturelle pour son mariage en juin.

— La mère de Hailey et mon père vont vivre ensemble. Elle emménage le week-end prochain.

— Waouh, dit Lexi en jetant un coup d'œil à Hailey pour voir comment elle prenait la nouvelle.

Hailey était inhabituellement silencieuse, ses longs cheveux blond vénitien lui cachant à moitié le visage pendant qu'elle faisait des caresses à Rose. Lexi remarqua que le vernis de Hailey était abîmé et que trois de ses ongles étaient courts. Se rongeait-elle les ongles ? Merde. C'était mauvais signe. Normalement, Hailey ne quittait jamais la maison, sauf si elle était parfaitement maquillée et apprêtée des pieds à la tête, sans omettre un seul détail. Elle dormait sans doute avec un rouge à lèvres parfaitement mis.

Mad était carrément joyeuse.

— Ils sortent ensemble depuis cinq semaines, mais c'est assez sérieux.

C'était rapide. Peut-être que lorsque l'on trouvait quelqu'un plus tard dans sa vie, les choses devenaient sérieuses plus vite. Ils étaient tous deux assez âgés pour avoir des enfants adultes.

— C'est trop tôt, intervint Hailey d'un ton morose. Je le lui ai dit.

Sabrina ajouta son opinion professionnelle de conseillère conjugale.

— Ils semblent profondément amoureux. Vivre ensemble, c'est l'étape suivante de l'intimité.

Mad frappa le bar.

— Le mariage n'est plus qu'à un pas !

Les femmes se lancèrent dans des spéculations au sujet de la possibilité d'un mariage entre les deux et elles affirmèrent que c'était mignon de voir des gens de leur âge aussi mièvres d'amour. Hailey resta en retrait.

Lexi eut la poitrine serrée de compassion pour Hailey.

— Ça ne te dérange pas pour ta mère et Joe ? chuchota-t-elle.

— Bien sûr que non, dit Hailey en jetant les cheveux par-dessus son épaule. Mais j'aimerais bien boire un coup. Josh est tellement lent aujourd'hui.

Elle réinstalla Rose dans son sac avant de faire signe à Josh, sans doute parce que Josh n'aimait pas voir le chien lâché dans le bar.

Hailey était-elle malheureuse parce qu'un éventuel mariage entre sa mère et Joe signifiait que Hailey serait liée à son ennemi pour toujours ?

Josh s'avança vers elles. Il s'était fait couper les cheveux : ses cheveux bruns étaient plus courts sur les côtés, et non en haut, mais toujours ébouriffés de façon sexy. Il portait une chemise en flanelle rouge avec un jean usé. Sa barbe naissante commençait à devenir une barbe et cela lui allait bien.

— Bonjour, mesdames, que puis-je vous offrir ?

— Je vais prendre un pinot gris, dit Lexi. Merci.

— Un jus de canneberges avec de la vodka, annonça fermement Hailey. Pas trop de jus.

Josh lui jeta un regard compatissant.

— Mauvaise journée ?

Hailey plaqua son sourire de reine de beauté sur le visage. Il apparaissait toujours dans les situations de stress.

— Je vais bien.

La tête de Rose sortit du sac : elle remarqua Josh un peu tard et se mit à aboyer à tue-tête. Son nœud violet rayé rebondit en rythme de façon comique.

Josh montra les dents à la petite chienne, prit quelques commandes supplémentaires de leurs amies et partit préparer les boissons.

Hailey murmura des choses à Rose, la sortant de son sac et la serrant contre elle. Rose étira le cou en tournant la tête afin de grogner contre Josh.

Quelques minutes plus tard, Josh leur servit les boissons et grogna contre Rose.

— Hailey, si tu n'arrives pas à faire taire ton chien, mets-le dehors.

Hailey fixa Josh.

— Tu m'as appelée par mon nom. Tu n'as pas dit « princesse ».

Rose se tut, levant les oreilles en sentant venir les problèmes et fixant également Josh. Princesse, c'était le surnom sarcastique de Josh pour Hailey, sans doute à cause de ses compétitions de beauté. Elle avait gagné de nombreuses tiares en son nom. Hailey le traitait de goujat, d'homme bestial et de vaurien en retour. C'était très amusant.

Josh ricana.

— C'est difficile de dire princesse à quelqu'un qui embrasse son chien avec la langue.

Hailey inspira brusquement.

— Je n'embrasse pas mon chien avec la langue !

Rose ajouta son grain de sel en aboyant férocement. Il était difficile de dire qui était le plus bruyant. En réalité, tout le monde avait vu Hailey laisser Rose lui faire de grandes léchouilles de chien sur la bouche. Lexi ne la jugeait pas. Il n'y avait rien de mal au fait d'aimer son animal domestique.

Josh pointa un doigt sur Rose.

— Silence ou tu sors.

Hailey lui jeta un regard assassin et s'exclama par-dessus les aboiements :

— C'est une soirée filles ! Nous avons le droit d'être ici.

Josh leva les yeux au ciel.

— C'est un chien. Pas une fille.

— Un chien fille, précisa Hailey.

— Ce qui en fait une vraie chienne, plaisanta Lexi. Tope-là, Rose.

Elle leva la patte de Rose et posa sa main dessus, ce qui détourna son attention et la fit taire.

— C'est également un chien de thérapie, informa Hailey.

Elle fouilla dans son sac et elle en sortit un minuscule tee-shirt bleu pour chien.

— Voici son tee-shirt officiel de chien de thérapie.

— N'est-elle pas censée le porter ? demanda Josh.

Hailey fixa le tee-shirt d'un air de dégoût et le remit dans son sac.

— Ça ne lui va pas bien.

Lexi se retint de rire et elle surprit Marcus qui les regardait en souriant. Il se leva et se dirigea vers elle. *Gloups.* Elle espérait vraiment qu'il ait oublié ce qu'elle avait dit sur le fait de causer un orgasme quand on le baisait des yeux. *La-la-la. Des voisins tout à fait normaux. Pas de baise avec les yeux ici.*

— En tout cas, empêche-la de s'approcher des tables, dit Josh sèchement.

Il posa les deux mains sur le bar et se pencha tout près de Hailey, ce qui redéclencha les aboiements de Rose.

— Et éloigne-la du bar !

Marcus vint se tenir à côté de Hailey et il lui tendit les mains.

— Puis-je la voir ?

Hailey lui passa Rose et elle se calma. Marcus la souleva en roucoulant :

— Qui est un très beau chien ?

Il la prit contre son torse et la gratta derrière l'oreille. La petite queue de Rose s'agita avec force.

Marcus se tourna vers Josh.

— Essaie d'utiliser un peu de ton charme rouillé sur les femmes. Cela fonctionne sur toutes les espèces.

Lexi se surprit à sourire en regardant Marcus changer Rose de position, la tenant dans le creux du bras, le ventre en l'air. Il frotta son ventre d'une main et Rose remua la patte arrière avec bonheur. Elle ne s'était pas attendue à des câlins pour chien de la part d'un énorme mâle comme Marcus, qui débordait de testostérone.

Marcus sourit à Josh.

— Tu vois jusqu'où un peu de charme peut te mener ?

Il souleva Rose jusqu'à son oreille.

— Que dis-tu ? demanda-t-il comme si elle venait de parler au lieu de lui lécher l'oreille.

— Ah oui. D'accord. C'est sérieux.

Il se tourna vers Hailey.

— Rose dit que les nœuds que tu lui fais porter sur la tête sont humiliants. Les autres chiens se moquent d'elle.

Lexi éclata de rire.

Hailey ajusta le nœud rayé de Rose, qui était descendu.

— Elle adore être jolie. Nous passons des heures à faire sa toilette. C'est ce qu'elle préfère.

Marcus secoua tristement la tête.

— Elle dit que c'est toi qui préfères cela.

— Oh, toi alors ! dit Hailey. Passe-la-moi.

Marcus lui rendit Rose et Hailey attacha une laisse à son collier.

— Excusez-nous. Il nous faut faire un petit tour dehors.

Hailey ne dirait jamais « faire pipi ». Elle était bien trop classe pour ça.

Mad intervint, proposant de sortir Rose. Hailey lui donna sans un mot. C'était Mad qui s'était occupée de la petite chienne avant qu'elles l'offrent à Hailey. Rose avait fait partie d'une intervention conçue pour calmer Hailey quand elle était en mode hyperactif. C'était après avoir mis fin à son arrangement avec un copain de baise juste au moment où Josh avait eu une petite amie. Tout le monde pensait que Josh et Hailey étaient faits pour être ensemble s'ils arrêtaient de se disputer un instant. Josh était célibataire maintenant, alors c'était une possibilité, même minime.

Hailey but une gorgée de sa vodka-canneberge avant d'avaler la moitié du verre.

Josh la scruta en fronçant les sourcils.

— Je n'arrive pas à me remettre de ta ressemblance avec ta mère. Vous êtes presque comme des jumelles.

Josh était un jumeau, alors il savait de quoi il parlait.

Hailey pinça les lèvres.

— Oui, et bien…

Josh poursuivit en montrant Hailey.

— Je veux dire, les cheveux, le visage, même les robes de couturier.

Hailey renifla.

— C'est gênant.

— Pourquoi ? demanda Josh. Tu as de bons gènes.

Lexi se tourna vers Hailey en pensant que le compliment la ferait peut-être sourire, mais non.

Hailey but une autre longue gorgée.

— Parce qu'elle essaie encore de donner l'impression qu'elle a la vingtaine quand ce n'est pas vrai. Elle teint ses cheveux pour avoir la même couleur que moi. Les siens sont blonds et blancs, pas blond vénitien.

Josh inclina la tête.

— Achetez-vous les vêtements au même magasin ?

Hailey s'esclaffa.

— Tu ne connais rien à la mode féminine.

— Je sais que vous avez toujours l'air de sortir d'un magazine de mode en toutes circonstances, rétorqua Josh.

C'était vrai. Hailey lança des éclairs avec les yeux en rougissant.

— C'est complètement différent !

Josh s'approcha d'elle.

— En quoi ?

Hailey leva un doigt.

— Tout d'abord, elle ne le fait que parce qu'elle travaille dans une boutique de luxe et qu'elle est *obligée* de porter leurs vêtements. En outre, elle reçoit une énorme réduction pour le personnel.

Elle termina son verre et fit signe à Josh de lui en donner un autre.

Il ne bougea pas.

— Non, non.

Hailey lui fit encore signe, leva son verre et le secoua.

Josh ignora sa demande.

Hailey porta le verre à ses lèvres, faisant couler la dernière goutte. Elle posa ensuite son verre avec un claquement.

— Et elle porte les vêtements de cette saison.

— De l'hiver, tu veux dire ? demanda Josh.

Hailey se tourna vers Lexi.

— Commande une vodka canneberge.

Elle pointa le pouce vers Josh en ajoutant :

— Le barman aime m'en faire voir de toutes les couleurs.

— Compris, dit Lexi. Josh, j'aimerais une vodka canneberge, s'il te plaît.

Josh ignora Lexi en se focalisant sur Hailey.

— Alors, ta mère porte des vêtements d'hiver ?

Hailey poussa un soupir exaspéré.

— Non. Ses vêtements sont actuels, à la mode, ils viennent de sortir.

Il leva un sourcil.

— Et pas les tiens ?

— Non.

— Pourquoi pas ?

— Parce que je ne peux pas me le permettre financièrement, d'accord ? s'exclama Hailey. Je dois toujours avoir une image professionnelle. La moitié de mon travail se fait au bureau, le reste est de développer du réseau dans la communauté. Comment penses-tu que j'ai toujours de nouveaux clients ?

Josh resta imperturbable malgré l'emportement de Hailey.

— Si tu ne peux pas te payer des habits de couturier, pourquoi en portes-tu tout le temps ?

Hailey se leva et écarta sa magnifique robe bleu roi de son corps.

— Celle-ci date d'il y a deux saisons ! Je l'ai trouvée en consignation au magasin.

— Elle est magnifique, intervint Lexi. Tu devrais t'asseoir et te détendre.

Elle guida Hailey vers son tabouret et lui chuchota à l'oreille :

— Et parler moins fort.

Ça n'allait certainement pas aider le réseau de Hailey si elle révélait tous ses secrets aux habitants. Certaines personnes ici étaient de véritables commères.

— J'ai besoin d'un autre verre, annonça Hailey.

Lexi lui tendit le sien.

— Merci, Lexi, lui répondit Hailey avec gentillesse. Tu es la seule à me comprendre.

Josh reprit son interrogatoire.

— Pourquoi ne vas-tu pas simplement faire les courses dans le magasin de ta mère avec sa réduction ?

— Laisse-la tranquille, Josh, intervint Marcus.

Josh l'ignora, le regard rivé sur Hailey.

Hailey jeta ses cheveux en arrière.

— Parce que je suis une femme d'affaires indépendante, pas un clone de ma mère.

— Ah, dit Josh.

— Que sous-entends-tu ? demanda Hailey.

Josh haussa une épaule.

— Je croyais que tu venais d'une longue lignée élitiste et snob de reines de beauté.

Hailey resta bouche bée.

— Tu sais quoi ? C'est toi le snob !

Elle pointa un doigt vers lui.

— Tu m'as jugée dès la première fois que nous nous sommes rencontrés, et tu as fait de ma vie un enfer !

Josh fronça les sourcils sans comprendre.

— Non, ce n'est pas vrai.

— Si ! cria Hailey à pleins poumons.

Tous leurs amis échangèrent un regard inquiet. Hailey était en train de craquer.

— Il y a eu beaucoup de disputes, intervint Lexi en frottant le dos de Hailey.

Marcus choisit de changer de sujet.

— Hé Josh, et si je payais ma tournée ?

Josh regarda Hailey.

— Je pensais que l'on plaisantait.

Hailey resta silencieuse en fixant le bar.

Sabrina se pencha plus près et parla d'une voix apaisante :

— Il y a peut-être eu quelques blessures morales qui ont été exprimées par de la colère.

— Ai-je…

Josh se baissa pour voir le visage de Hailey.

— Hailey, t'ai-je blessée ?

Hailey ne répondit pas.

Josh poussa un juron. Il se pencha, essayant sans doute de forcer Hailey à le regarder dans les yeux.

— Je suis désolé. J'admets avoir été énervé par quelques-uns de tes tours, mais en général, je trouvais ça plutôt drôle. Je te cherche, puis tu me cherches, tu vois ?

Hailey leva la tête, les yeux brillants de larmes, ne disant toujours rien. Josh semblait tout aussi bouleversé.

Hailey n'était jamais aussi contrariée. Toute cette histoire avec sa mère et son père qui se mettaient ensemble avait dû la bouleverser. Tout le monde regarda Hailey d'un air compatissant avant de se tourner vers Josh, dans l'expectative. Il devait réparer cela.

Josh tendit la main.

— Faisons une trêve. Une véritable trêve.

Hailey regarda sa main avec suspicion.

— Nous reprendrons au début et… on réparera ça.

— C'est une bonne idée, dit Lexi. Serre-lui la main.

Ses amies l'encouragèrent.

Hailey regarda Josh dans les yeux.

— Tu me rendras mon argent ?

C'était là qu'avait commencé leur guerre de meilleurs ennemis. Josh avait gardé l'argent que Hailey lui avait donné pour l'accompagner au mariage. Après leur dispute, Hailey avait demandé qu'il le lui rende. Josh avait toujours dit qu'elle devait aller le chercher chez lui, ce qu'elle avait refusé de faire.

— Oui.

Hailey sembla réfléchir. Mad revint avec Rose. Hailey attira Rose contre elle, la caressant derrière l'oreille.

— Qu'en penses-tu, Rose ? Dois-je faire confiance à ce goujat ?

Josh leva les yeux au plafond, mais il se retint de faire un commentaire.

Hailey se tourna vers Mad.

— Peux-tu garder un œil sur Rose ? Je vais chez Josh. Je reviens vite.

Mad avait les yeux écarquillés en reprenant la petite chienne.

— Tu vas chez lui ?

Hailey hocha la tête d'un air sombre.

— Une minute, dit Josh.

Il partit à la cuisine et revint avec un homme qui prit sa place derrière le bar. Ensuite, Josh vint se placer à côté de Hailey en lui proposant le bras d'un geste de gentleman qu'elle ignora. Rose commença son grognement d'avertissement et Mad recula vite afin de la calmer.

Hailey leva les yeux vers Josh.

— Je vais maintenant réparer ta réputation pour remplir ma part de la trêve.

— Non… commença Josh.

Hailey annonça alors d'une voix qui pouvait s'entendre à plusieurs kilomètres, ou en tout cas par toutes les femmes de la ville venues pour la soirée filles :

— Votre attention, tout le monde ! Je me rends dans le lieu de perdition de Josh. Il est complètement guéri de tout problème et il me tarde.

Son ton et son expression ressemblaient à ceux d'une femme qui se rendait à son exécution, pas à l'appartement d'un beau mec. Hailey leva le menton, incarnant le courage face à une catastrophe imminente.

— Nous avons déclaré une trêve et nous sommes maintenant amis.

Le bar devint silencieux, tout le monde les fixant avec curiosité.

Josh lui jeta un regard ironique.

— Tu as fini ?

Hailey hocha la tête avec enthousiasme.

— Oui, je crois que ça a fonctionné.

Josh secoua la tête.

— Ce n'est pas un lieu de perdition et je ne suis pas le diable. Je vis dans un modeste appartement avec une seule chambre.

Hailey sourit un peu. Ce fut son premier véritable sourire de la soirée. Lexi échangea un regard soulagé avec ses amies.

— J'ai toujours imaginé que tu vivais dans un bordel.

Josh éclata de rire.

— Je t'ai toujours imaginé vivant dans une villa.

Il lui tendit la main.

— Amis ?

Tout le monde retint sa respiration.

Hailey tendit lentement la main et la serra en montant et en descendant fermement avant de la lâcher très vite.

Josh inclina la tête en direction de la porte.

— C'est un court trajet en voiture. Viens.

Ils se tournèrent tous pour les voir partir. Josh passa devant afin de lui ouvrir la porte. Hailey marchait avec la tête haute, ressemblant vraiment à la reine de beauté qu'elle était autrefois.

Dès que la porte se referma derrière eux, Lexi rompit le silence.

— J'hallucine !

— Les poules doivent avoir des dents aujourd'hui ! exulta Mad, ce qui fit rire tout le monde.

Les spéculations sur la longueur de cette trêve entre Hailey et Josh commencèrent alors. Bien sûr, tout le monde espérait que ça se passe bien, mais leur histoire était assez compliquée. Ils avaient vraiment tendance à se chercher l'un l'autre.

Une demi-heure plus tard, la porte s'ouvrit et ils se tournèrent tous pour voir Josh entrer tout seul.

— Où est Hailey ? demanda Lexi.

— Elle est rentrée chez elle à pied, dit Josh en se faufilant derrière le bar.

Lexi envoya immédiatement un texto à Hailey pour vérifier si elle était vraiment rentrée. *Est-ce que ça va ?*

Le groupe de discussion fut pris de folie avec toute une série de textos demandant ce qui était arrivé.

Hailey répondit simplement : *Je suis à la maison et je vais bien. Bonne nuit.*

Mad s'avança vers le bar et confronta Josh.

— Bien joué ! Elle est tellement bouleversée qu'elle a oublié son chien !

— J'ai essayé…

— Essaie mieux que ça ! aboya Mad.

Rose aboya également.

Josh passa une main dans ses cheveux et il marcha à grands pas vers l'autre côté du bar.

Mad partit avec Rose pour la ramener à Hailey. Les autres se rassemblèrent, discutant pour savoir si elles devaient se rendre chez Hailey ou s'il fallait lui laisser un peu d'espace. Elle n'avait pas semblé être elle-même ce soir, mais peut-être avait-elle seulement besoin d'un peu de paix. La question que tout le monde se posait était : qu'avait-il bien pu se passer chez Josh ?

Josh refusa de faire des commentaires, alors Sabrina appela Hailey pour avoir le scoop. Elle raccrocha peu de temps après en disant :

— Hailey va se coucher tôt.

La situation devait être assez terrible si Hailey ne voulait même pas se confier à Sabrina. Lorsque Mad arriverait là-bas avec Rose, obtiendrait-elle des détails ? Pour l'instant, elles étaient toutes fâchées contre Josh qui avait encore plus contrarié Hailey alors qu'il était censé réparer les choses.

Lexi se tourna vers Marcus, qui avait regardé tous les échanges en silence.

— Je me sens mal pour elle. C'est vraiment une personne aimante et généreuse.

Elle baissa la voix en ajoutant :

— J'ai vraiment cru qu'elle pouvait arranger les choses avec Josh.

Marcus secoua la tête.

— Il y a beaucoup de types célibataires dans mon bar, si elle a envie de rencontrer quelqu'un d'autre que tu sais qui.

Il hocha la tête en direction de Josh qui frottait furieusement son bar avec un torchon de l'autre côté de la salle.

— Je lui en parlerai plus tard, dit Lexi.

Cela faisait longtemps que leur entremetteuse qui se mêlait de tout mais avec de bonnes intentions aurait dû trouver son propre happy end.

— Comment va ta mère ?

Il but une gorgée de bière, prenant le temps avant de répondre. Il posa enfin la bouteille.

— Pareil. Pas d'amélioration.

— Lui as-tu parlé de l'idée d'un thérapeute ?

Ses épaules s'affaissèrent pendant qu'il fixait le bar.

— Elle dit qu'un chien représente trop de responsabilités.

Elle eut la poitrine serrée pour lui, sentant presque le poids de son fardeau.

Il se leva brutalement, jetant quelques billets sur le bar.

— Je sors.

Il salua ses amies.

— Bonne nuit, mesdames.

Il se tourna et il appela Josh qui frottait encore furieusement son bar.

— À plus tard, Josh.

Josh jeta le chiffon sous le bar, hocha le menton en direction de Marcus, puis resta figé, la mâchoire serrée, le regard dans le vide.

Marcus se tourna vers elle, ses yeux sombres pleins de peine, le visage tendu.

— Au revoir.

— Au revoir, dit-elle doucement en le regardant partir.

Pendant un moment de folie, elle hésita à le suivre et à le serrer dans ses bras.

Lorsqu'elle rentra de sa soirée filles, elle s'arrêta devant l'ancien appartement de Sabrina et elle appuya sur la sonnette, souhaitant voir comment allait Marcus. Ce devait être difficile d'être le seul sur lequel une mère souffrante pouvait compter. Elle avait l'intention de lui parler un peu plus de l'agoraphobie de sa tante et de voir s'il y avait quelque chose qui pouvait fonctionner pour sa mère.

Il n'était pas chez lui.

Il était peut-être retourné voir Lia. Lexi ne pouvait absolument pas se rendre là-bas. Elle voulait sa tête sur un plateau.

Elle retourna chez elle, déverrouilla la porte et soupira. La soirée filles avait été ratée parce que tout le monde s'inquiétait pour Hailey. Elle regretta presque l'époque où Hailey l'aurait harcelée pour trouver son âme sœur, comme si une telle personne existait. C'était complètement nul.

5

Le lendemain, Lexi venait de retourner du supermarché avec le minimum pour survivre une semaine – elle n'oubliait jamais son compte bancaire rétrécissant à vue d'œil – lorsqu'elle croisa Marcus qui sortait de son appartement. Il était habillé de façon décontractée en jogging et veste à capuche noire.

Il s'approcha d'elle.

— Salut, Lexi. Comment vas-tu ?

Elle hocha la tête.

— Bien. Et toi ?

— Je m'en sors. Comment ça se passe pour Lexi Evénementiel ? As-tu obtenu de nouveaux clients ?

Elle déglutit fort. Elle avait vraiment essayé de rester positive au sujet de sa nouvelle carrière en free-lance. C'était difficile, parce qu'elle n'avait pas trouvé d'autres clients. Cela ne faisait qu'une semaine, mais ses factures n'attendaient pas.

— Pas encore. J'y travaille.

— Ce n'est pas facile de lancer une nouvelle entreprise. Je suis passé par là.

Elle sentit sa gorge se serrer et ses yeux se mettre à brûler à cause de la compréhension compatissante dans sa voix.

— Merci.

— Écoute, je repars en ville et je serai au travail vers seize heures. Pourquoi ne passerais-tu pas à mon bar ? Nous pourrons commencer à planifier la soirée de Mardi Gras.

— Vraiment ?

Sa voix se brisa.

— Mais j'ai contrarié ta mère. Je te l'ai dit, tu n'es pas obligé de remplir ta part du marché.

Il lui fit un sourire qui la perturba.

— Montre-moi ce que tu vaux, Lexi. Je t'engagerai peut-être pour d'autres événements et je te recommanderai. Mon bar est rempli de flambeurs de Wall Street.

Elle s'immobilisa, essayant de réfléchir à la logistique, au temps qu'il lui restait. Mardi Gras n'était qu'à deux semaines et demie, ce qui signifiait que c'était difficile de faire quelque chose de bien. D'un autre côté, elle n'avait aucun client en ce moment.

— Je serai là, merci.

— Excellent. Courage, mon amie, tu vas y arriver.

Il partit en roulant des mécaniques et elle le regarda avec une boule dans la gorge. Elle secoua la tête. Ça ne lui ressemblait pas d'être aussi émotive. Elle entra dans son appartement et elle posa les deux sacs de courses sur le comptoir. Marcus lui avait donné de l'espoir, une corde à laquelle se raccrocher pour ne pas couler quand elle en avait vraiment besoin, même si elle avait tout raté avec sa mère. Vous savez quoi ? Elle allait réparer cette bêtise comme elle avait voulu le faire au départ. Elle allait se rendre chez elle et présenter ses excuses. Et si Lia ne voulait pas la laisser entrer, alors elle glisserait un mot sous la porte. Elle espérait même aider Lia, un jour.

Elle rangea vite la nourriture, attrapa son sac et sortit.

~

Marcus aperçut Lexi dès qu'elle entra dans son bar, le Burrow, plus tard dans la journée avec un bonnet en tricot blanc et un gros pompon. Pas parce qu'il surveillait la porte pour la voir arriver, se rassura-t-il. N'importe qui aurait remarqué ce bonnet. Elle portait une doudoune noire sur un pull à col roulé blanc avec un jean skinny noir et des bottes noires à talons hauts. Une tenue d'hiver qui mettait quand même en valeur son corps mince et sexy. Pas de gros manteau bouffant pour elle.

— Lexi ! appela-t-il en levant une main pour la saluer de derrière le bar.

— Salut.

Elle leva la main et lui fit un sourire amical.

Il sentit son torse se gonfler en la voyant, sachant qu'il était en partie la cause de ce sourire. Il était son premier client. Elle avança vers le bar et se plaça devant lui. Ses yeux marron pétillaient. Le sac d'ordinateur gris sur son épaule lui indiqua qu'elle était venue équipée. Elle retira son bonnet et aplatit ses cheveux.

Il la regarda dans les yeux, ses lèvres affichant le demi-sourire qui n'échouait jamais avec les femmes.

Elle entrouvrit les lèvres, fixant sa bouche. *Ça n'échouait jamais.*

— Puis-je t'offrir un verre ? demanda-t-il.

— Je veux bien un verre d'eau, merci.

Il remplit deux verres.

— Et si nous allions nous asseoir dans une des alcôves ?

Trois personnes étaient déjà assises au bar, et il se dit qu'ils auraient un peu plus d'intimité dans un box.

— D'accord.

Elle regarda autour d'elle.

— Cet endroit me semble beaucoup plus grand que la dernière fois que j'étais ici. Je suppose que c'était un samedi soir.

— Oui, ça peut être vraiment bondé ici.

Le Burrow ressemblait à un pub irlandais. Il était long et étroit, avec le bar sombre et brillant sur la droite, quelques tables hautes au centre de l'espace, et des box à l'arrière. À l'étage se trouvait une salle privée qui pouvait être réservée pour de grands groupes, avec un bar bien fourni, des tables de poker et un billard. C'était là qu'il aimait accueillir ses amis quand ils venaient en ville. Il n'habitait qu'à quelques pâtés de maisons.

Il passa un rapide coup de fil pour demander un remplacement au bar. Quand Sam eut pris la relève, Marcus se dirigea vers le premier box, où Lexi était déjà assise, face à la porte.

Il s'assit en face d'elle et glissa son verre sur la table.

— Comment ça va ?

Elle ouvrit son ordinateur portable et le démarra.

— J'ai déjeuné avec ta mère aujourd'hui.

Il se redressa brusquement.

— Quoi ? Comment ? Où ? A-t-elle quitté la maison ?

Lexi le regarda dans les yeux.

— Je me sentais terriblement mal de l'avoir contrariée, alors je suis passée m'excuser. Je lui ai dit que je mettais parfois les pieds dans le plat et que j'étais désolée d'avoir dépassé les bornes.

— Et elle t'a laissé entrer dans la maison ? demanda-t-il, incapable de cacher sa surprise.

Sa mère avait annoncé que Lexi n'était pas la bienvenue dans sa maison.

Elle rit.

— Pourquoi est-ce si dur à croire ?

Il contourna vite cette question délicate en se disant que ça ne ferait que la blesser si elle savait ce que sa mère avait affirmé.

— Tu as donc déjeuné sur place ou vous êtes sorties ? Je veux des détails !

Lexi inclina la tête.

— Après m'être excusée, je lui ai expliqué que j'avais récemment été licenciée et je lui ai demandé si elle voulait déjeuner avec moi pour compatir à mon sort. C'était moi qui offrais.

Il écarquilla les yeux, surpris par son culot. Retourner là-bas avec des excuses modestes et puis proposer d'offrir le déjeuner à sa mère, c'était bien au-delà de son devoir. Lexi avait été entraînée dans l'histoire malgré elle, et ils n'étaient même pas ensemble. Même s'ils avaient une relation, il ne lui aurait jamais demandé d'affronter Lia toute seule. Il aurait joué les intermédiaires.

Lexi poursuivit :

— Elle a dit qu'elle adorait Ernie's Diner, alors j'y ai pris de la nourriture à emporter et nous avons mangé dans la cuisine.

C'était le bar restaurant où sa mère et lui mangeaient souvent avant qu'elle refuse de quitter la maison.

Il eut le cœur serré, la gorge soudain nouée par l'émotion.

— Mais ils ne font pas à emporter.

— J'ai contourné le problème. Je me suis assise et j'ai pris un bol de soupe. Puis j'ai commandé sa tourte au poulet préféré, j'en ai pris une pour moi, et j'ai demandé au serveur de tout emballer.

— C'est malin, murmura-t-il.

Et pourquoi n'y avait-il pas pensé ?

— Je suis quelqu'un qui résout les problèmes, chantonna-t-elle.

Elle était vraiment un phénomène. Il voulut soudain la serrer dans ses bras, mais elle était assise de l'autre côté de la table, et il ne trouva pas de moyen de le faire sans que ce soit gênant.

— Nous avons parlé de toi.

Elle eut un sourire espiègle, ses yeux dansant presque de joie.

— Je lui ai dit que la petite Rose t'a adoré, et devine de qui elle m'a parlé ?

Il se frotta le front en évitant de la regarder dans les yeux.

— Qui ?

— Bitty Kitty !

Elle gonfla ses biceps inexistants et tenta d'imiter une voix masculine grave.

— Le grand Marcus adolescent massif qui cachait un minuscule chaton blanc dans la poche de sa veste.

Elle rit.

— Elle m'a dit que tu avais essayé de la faire entrer discrètement dans la maison, en couvrant ses miaulements par une fausse toux et des éternuements.

Il pointa un doigt vers elle et dit avec une colère feinte :

— Hé ! Bitty Kitty était un chat spécial. Pas comme les

autres. Quand je l'appelais, elle venait me voir comme un chien.

Elle ne rit pas, cette fois. À la place, elle le regarda avec tendresse, comme s'il lui *plaisait* quand il avouait ses secrets les plus honteux.

— Ta mère s'est sentie mal que tu ne puisses pas la garder à cause du règlement de l'appartement. Elle m'a expliqué que tu as rendu visite à Bitty Kitty chez la grand-mère de Ben pendant des années.

Il grogna.

— C'était gentil de la part de madame Walsh de l'accueillir.

— Tu l'aimais.

Il hocha le menton. L'amour de sa vie.

— Elle a vécu jusqu'à seize ans. Je l'ai perdue il y a quelques années.

— Oh, Marcus ! Tu devrais prendre un autre chat.

Il secoua la tête.

— Personne ne peut remplacer Bitty.

Elle lui sourit : encore un autre sourire tendre et affectueux. Il déglutit, surpris par la manière dont ce sourire l'affectait, se sentant lui-même plein d'affection, alors qu'il était gêné par ce que sa mère avait dit sur lui.

— Quoi qu'il en soit, poursuivit-elle, j'ai donné à ta mère le numéro d'une psychiatre locale recommandée par Sabrina. Cette femme est spécialisée dans l'agoraphobie et elle prend des séances téléphoniques pour aider ses clients à gérer leur anxiété et à ressortir dans le monde.

Quelque chose en lui se rompit et il fut soudain inondé d'émotions : de la joie pure, de l'affection mièvre, un soulagement énorme. Il était également reconnaissant, si reconnaissant qu'il ne pouvait plus parler, les yeux brûlants.

Lexi devait l'avoir remarqué, car elle baissa les yeux vers son écran d'ordinateur, lui laissant le temps de se remettre.

— Tout s'est bien passé. Elle a pris la suggestion de la façon bien intentionnée et amicale avec laquelle je l'ai proposée. Je t'enverrai les coordonnées du médecin afin que tu puisses organiser le paiement si elle l'appelle.

Il retrouva sa voix.

— Lexi.

Il attendit qu'elle le regarde dans les yeux.

— Merci.

Il posa une main sur sa poitrine serrée.

— Du fond du cœur.

Elle haussa les épaules en détournant le regard.

— Ce n'est rien.

— Si. C'est beaucoup. Merci.

Elle le regarda dans les yeux et parla doucement :

— Avec plaisir.

— Pense-t-elle toujours que tu es ma petite amie ou bien…

— J'ai agi comme si tu étais – elle agita une main en l'air – merveilleux, tu sais, juste pour l'encourager à continuer à me parler, alors je pense qu'elle a supposé que nous étions ensemble.

Il n'arrivait pas à se remettre de l'idée que sa mère s'entendait bien avec Lexi maintenant. Non seulement ça, mais elle semblait ne pas être embêtée par l'idée qu'ils soient ensemble. Il aurait eu des nouvelles tout de suite si elle était encore contre leur relation.

Il ne put s'empêcher de sourire.

— Je suis merveilleux, hein ?

Elle leva les yeux au ciel.

— Ne prends pas la grosse tête. Je faisais amende honorable, réparant ce que j'avais fait foirer pour toi, puisque tu as été assez gentil pour me donner ce travail quand j'en avais vraiment besoin. On commence ?

— Est-ce que ça te gêne si nous la laissons croire un peu plus longtemps que nous sommes ensemble ? Je crois que ça l'aide. Je sais que ça semble bizarre, mais…

— Marcus, ce n'est pas un problème. Vraiment. De plus, j'apprends plein de secrets sur toi. Elle m'a même montré tes photos de bébé. La pose classique du bébé à poil et tout !

Il secoua la tête en souriant.

— Que veux-tu ? C'est une maman fière.

— Et tu étais carrément bien pourvu !

Il éclata de rire.

— La ferme, espèce de perverse.

Elle rit.

— Alors, j'ai une tonne d'idées pour l'animation de Mardi Gras. Mais d'abord, de quelle sorte de budget est-il question ?

— Le budget sera fait en fonction de ce dont tu as besoin.

Il voulait bien payer n'importe quoi pour aider Lexi, qui avait déjà fait de plus grands progrès avec sa mère en un seul déjeuner qu'il n'avait pu le faire au cours des deux derniers mois.

Elle écarquilla les yeux.

— Tu ne t'inquiètes pas de l'argent ? demanda-t-elle à voix basse.

Il but une gorgée d'eau.

— Je t'explique. Jake Campbell m'a prêté l'argent pour ce bar. Je l'ai remboursé en moins d'un an et puis j'ai investi dans Dat Cloud. Avant qu'il ouvre son capital.

Dat Cloud était l'entreprise de Jake et elle avait rendu Jake milliardaire. Marcus s'en était très bien sorti aussi.

— Avant qu'il ouvre le capital, répéta-t-elle.

Il la vit mettre les informations bout à bout.

— Tu as touché le jackpot !

— Chut. Je m'en sors bien. Maintenant, je peux investir pour m'amuser, alors je vais investir en toi pour m'amuser.

Elle le fixa, clairement sous le choc. Elle ne le connaissait pas très bien, c'était évident. Il ferait n'importe quoi pour ses amis, et Lexi était maintenant son amie *number one*.

Il plaisanta en levant les yeux au ciel et en poussant un soupir.

— Dois-je tout faire ? Des cocktails hurricane, des perles, et des décorations violettes, vertes et dorées.

Elle redevint attentive.

— Que penses-tu d'un bal masqué en speed dating ?

Elle fit un faux masque avec les doigts autour des yeux.

— Juste un masque pour les yeux, afin de voir une grande partie du visage de la personne. Et si tu donnes des cocktails de Mardi Gras à moitié prix aux dames, tu pourrais vraiment en avoir plein ici.

Il frotta sa mâchoire.

— On utilise aussi les réseaux sociaux. La royauté est une partie importante de Mardi Gras, alors nous faisons un concours pour élire le roi et la reine du bar. Les vingt premières personnes qui participent seront élues sur les réseaux sociaux pour obtenir des votes.

— Cette idée de réseaux sociaux me plaît.

Elle continua avec enthousiasme :

— Nous pouvons demander aux gens de faire des chars de défilés, des chars miniatures avec de petits cartons, et puis nous voterons pour le meilleur.

Il grimaça.

— Ça va faire du bazar.

— Nous pourrions installer quelques longues tables éloignées du bar afin que les gens les fabriquent.

Elle montra l'espace.

— Les tours de speed dating auront lieu ici dans les alcôves, le concours de royauté au bar. Puis les employés pourront faire tourner les clients d'une animation à une autre. Il y a de quoi plaire à tout le monde.

— J'aime presque tout, sauf les cocktails à moitié prix. Je pense qu'elles paieront le prix complet pour cet événement.

— D'accord, alors nous pouvons aussi faire des cocktails intéressants. Des hurricanes, mais aussi des boissons violettes, vertes et dorées.

Elle se tourna vers son ordinateur, cliquant sur quelques recettes de cocktails qu'elle avait enregistrées.

— Y en a-t-il qui te plaisent ?

— Ce que tu choisiras sera très bien.

Elle sourit.

— Tu es peut-être bien mon client le plus facile.

Elle regarda autour d'elle.

— Je ne pense pas que tu auras la place pour un groupe en live avec tout le reste, mais nous pouvons faire une playlist de jazz sympa, de jolis éclairages, comme des petites lumières blanches qui clignotent. La nourriture traditionnelle de La Nouvelle-Orléans.

— En général, nous faisons du jambalaya et du gombo.

— Excellent. Ajoute peut-être des crevettes cajuns et du gruau de maïs. Ooh, peut-être de la viande d'alligator aussi ?

Il grimaça.

— Tu as déjà mangé ça ?

— Non, mais ça fait très Nouvelle-Orléans, n'est-ce pas ?

— As-tu déjà été là-bas ?

— Non, mais j'ai lu des choses sur le sujet.

Il ricana.

— J'y suis allé. C'est incroyable et les femmes montrent leurs seins en échange de perles.

Il but une gorgée d'eau en cachant son sourire.

— J'ai toujours détesté ça. On devrait donner des perles aux types avec la plus grande queue.

Il recracha son eau.

Elle rit.

Il attrapa quelques serviettes en papier et s'essuya la bouche.

— Tu vas faire venir les flics pour indécence.

Elle haussa les épaules.

— C'est pareil. Les nichons. Les queues.

Il la fixa.

— Ce n'est pas du tout pareil.

— Du pareil au même. Quoi qu'il en soit, nous pourrions donner un collier de perles aux clients qui arrivent et puis d'autres en récompense des différents jeux. Un quiz, le meilleur char, le char le plus drôle, le couple de speed dating le plus mignon, ce genre de choses. La personne qui a le plus de colliers à la fin de la soirée gagne quelque chose. Peut-être un avoir de cinquante dollars qui la fera revenir avec des amis.

— Ça me paraît bien. Il me faudra sûrement ton aide pour tout organiser.

—Bien sûr. Je…

Elle s'arrêta en fixant quelqu'un au-dessus de l'épaule de Marcus.

Il se tourna et vit sa serveuse fidèle, Ellie, portant son jean déchiré préféré et un tee-shirt moulant qui mettait en valeur sa poitrine généreuse. Avec en plus ses longs cheveux bruns ondulés et de remarquables yeux bleus, elle recevait énormément de pourboires des clients masculins. Elle était également sa meilleure employée – elle était là depuis le début – et elle gérait le bar en son absence.

— Salut, Ellie. Comment ça va ?

Ellie sourit.

— Salut, patron.

Elle se tourna vers Lexi.

— Bonjour.

— Bonjour, répondit Lexi.

Ellie se retourna vers lui.

— Combien de temps vas-tu vivre hors de la ville ? Tu nous manques ici.

— Je ne sais pas trop, répondit Marcus en pensant à sa mère.

Il se força à sourire.

— Je ne m'inquiète pas avec toi ici. Tu fais tourner le bar comme il faut.

Il avait de la chance de pouvoir compter sur elle pendant qu'il vivait à mi-temps près de sa mère. Il tapota la poche de son jean en se souvenant soudain de la clé qu'il avait laissée dans son bureau. Il allait en profiter pour récupérer le carnet de chèques afin de payer Lexi.

— Excusez-moi une minute, mesdames. Je reviens tout de suite.

Il se leva.

Ellie montra la cuisine du doigt.

— Je t'ai laissé une pâtisserie au frigo.

— Tu vas me tuer.

Il posa une main sur son ventre plat.

— Tu sais que j'évite les sucreries.

Il continua à marcher. Ellie lui lança :

— C'est parce que tu es déjà tout en sucre, mon mignon.

Il rit et continua son chemin.

Lexi se concentra sur son ordinateur.

— Qu'êtes-vous en train de planifier ? demanda Ellie.

Lexi leva la tête, surprise de voir qu'elle était encore là.

— Il m'a engagée pour prévoir une animation de Mardi Gras.

Ellie sourit.

— Super. En général, je suis au courant, mais c'est compliqué maintenant que Marcus passe la moitié de la semaine ailleurs.

— Je suis certaine qu'il te mettra au courant.

Ellie se pencha et dit sur le ton de la confidence :

— J'espère que tu ne prends pas le flirt de Marcus trop au sérieux. Je veux dire, c'est le cas de la majorité des femmes.

— Pas d'inquiétude à avoir.

Ellie jeta un coup d'œil par-dessus son épaule avant de chuchoter :

— Il y avait une femme qui l'a pris bien trop au sérieux. C'était une des nombreuses femmes avec qui il sortait. Quand il l'a larguée, elle a essayé de se suicider.

Lexi posa la main sur sa gorge. Marcus savait-il ce qu'il avait causé ? Une femme avait essayé de se tuer à cause de lui ? C'était sérieux. Elle déglutit.

— Comment sais-tu cela ?

— Son frère Nate est un client régulier. Il dit à tous ceux qui veulent bien l'écouter de rester loin de Marcus.

— Était-ce récent ? Marcus est-il au courant ?

Elle n'imaginait pas que cela le laisse indifférent s'il était au courant.

Ellie jeta un coup d'œil à l'endroit où Marcus avançait maintenant vers elles, et se retourna en s'approchant de Lexi pour lui confier :

— La seule raison pour laquelle il couche à droite et à gauche, c'est son divorce. Cette connasse lui a vraiment fait un sale coup.

Lexi ne savait pas que Marcus avait été marié. À vrai dire, elle ne le connaissait pas très bien. Elle ne voulait pas croire les mauvaises rumeurs à son sujet. Il lui plaisait, il avait été bon avec elle. Mais peut-être était-il ainsi avec toutes les femmes, ce qui expliquait pourquoi elles finissaient toutes dévastées.

Ellie posa les mains sur les hanches et appela Marcus d'un ton coquin :

— Qu'est-ce que tu as là, patron ?

Marcus leva un porte-clefs.

— La clé de l'appartement.

Il la lui donna.

— Merci, dit Ellie avant de la prendre et de la mettre dans la poche de son jean.

Elle s'éloigna.

Ellie avait donc une invitation permanente à l'appartement de son patron.

Lexi serra les dents, surprise par la pointe de jalousie. Bon sang. Marcus avait fini par l'atteindre. Elle se surprit à vouloir croire en lui, à vouloir croire qu'il avait changé, qu'il n'était plus le séducteur infidèle et menteur avec une longue traînée de cœurs brisés derrière lui.

Une masse d'émotions inconfortables se coinça dans sa gorge. Elle l'avala, en se rappelant qu'il valait mieux que Marcus et elle restent simplement des amis.

6

———————

Marcus se rassit dans l'alcôve et sourit à Lexi. Elle ne lui rendit pas son sourire.

— J'ai le chéquier. Je te paie la moitié directement.

— Merci, dit-elle sèchement.

— Quelque chose ne va pas ?

— Ellie et toi, vous êtes ensemble ? demanda-t-elle d'un ton monocorde.

— Non.

— Elle a la clé de ton appartement.

Il l'observa un instant. Ellie louait l'appartement à côté du bar. Il avait récemment acheté le bâtiment voisin, qui aurait bientôt un café au rez-de-chaussée. Il lui demandait un loyer assez bas pour Manhattan et il avait augmenté son salaire depuis qu'elle faisait office de gérante à mi-temps en son absence.

— Es-tu jalouse ?

Il l'espérait un peu, car cela signifiait qu'il lui plaisait. Elle avait dit qu'il pouvait donner un orgasme quand on le baisait des yeux, que c'était un homme responsable et qu'elle ne voyait rien de mieux que ça. Elle lui plaisait aussi de plus en plus.

Elle fixa son ordinateur.

— Ça ne me regarde pas.

— C'est vrai.

Était-ce le bon moment pour tenter quelque chose ? Ou allait-il tout faire foirer ? Elle faisait de tels progrès avec sa mère qu'il ne voulait pas risquer de tout gâcher.

— Lexi, je ne mélange pas le plaisir et le travail.

Elle tapa furieusement sur le clavier, sans le regarder. Il agita les doigts devant son visage et elle finit par lever la tête.

— Quoi ?

Il se pencha plus près et baissa la voix :

— Je sais que tu as eu des infos sur moi par ma mère, mais je vaux plus qu'une poignée de photos de bébé musclé.

Il pensait que cela la ferait sourire, mais elle ne réagit pas.

— Tout ce que je dis, c'est que tu ne me connais peut-être pas aussi bien que tu le crois.

Elle lui jeta un regard aigri.

— Je sais que tu es un séducteur au plus profond de toi. Certaines femmes le prennent peut-être à cœur. Pas moi. D'autres femmes.

— Flirter, c'est juste ma façon d'être gentil.

Elle ferma son ordinateur portable en le faisant claquer.

— Si tu flirtes avec les femmes pour être gentil, comment es-tu gentil avec les hommes ?

Il ne savait pas trop pourquoi elle posait la question, mais tant pis.

— Je joue au basket avec eux, je leur paie une bière. Des choses de potes.

— Fais ça avec moi.

— Tu veux que je te traite comme si tu étais un homme ?

Elle hocha vivement la tête.

— Ça me plairait beaucoup.

— D'accord. Eh bien, je suppose que nous pourrions faire un billard. Je ferais ça avec un pote. Il y a une table à l'étage.

Dans une salle très privée.

— Je dois rentrer. Je vis au rythme des horaires de train.

Elle rangea l'ordinateur dans sa sacoche et elle resta assise à le fixer pendant un instant solennel.

Il attendit, ne sachant pas ce qu'elle voulait. Il ne s'était encore jamais senti si perdu avec une femme. Un instant il était certain de lui plaire, l'instant d'après, elle fuyait la scène. Elle était peut-être folle. Mais une femme folle serait-elle une amie aussi généreuse, l'aiderait-elle avec le problème de sa mère ? Non. Quelque chose chez lui la faisait fuir. Il décida à ce moment précis de la traiter exactement comme elle avait demandé à être traitée. Comme un homme. C'était la seule façon de la mettre à l'aise, de l'empêcher de partir en courant.

Il ricana.

— Quand je t'aurai battue au billard, tu pourras m'acheter une bière.

— Ha ! C'est toi qui m'achèteras une bière.

Elle attrapa sa veste et son sac, voulut se lever et sembla alors changer d'avis, restant sur place.

— Puis-je te poser une question ?

— Tout ce que tu veux.

— Je t'ai vu flirter avec toutes mes amies, mais jamais avec moi. Pourquoi ?

— Je pensais que tu allais m'arracher la tête, répondit-il franchement.

Elle fronça les sourcils.

— Suis-je si effrayante ?

— Pas effrayante. C'est plutôt que tu as l'air de ne pas vouloir être embêtée par les hommes.

Elle pinça les lèvres.

— C'est compliqué. J'aime les hommes pour certaines choses.

— Je ne vais pas poser de questions là-dessus.

Elle poursuivit d'une voix sincère :

— C'est juste que je n'ai pas été très impressionnée par les hommes en tant qu'espèce. En général.

— Eh bien, de la part de mon espèce, je dis *pfrrrt* !

Il lui tira la langue.

Elle passa un bras dans son manteau.

— Quelle maturité.

— Tu sais que nous sommes de la même espèce avec justes quelques membres différents ?

Elle enfila son manteau et lui jeta un dernier regard qu'il

ne sut pas interpréter. Irrité ? Intrigué ? Il n'avait jamais eu autant de difficultés à déchiffrer une femme.

— Tu as l'air intelligent, dit-elle. Bien plus que lorsque tu flirtes.

Alors, je parle comme un idiot quand je flirte ? Merci beaucoup !

Il fronça les sourcils.

— C'est ainsi que je parle aux gars. Tu es maintenant un homme pour moi.

Oui, il allait vraiment la séduire maintenant. Il ne pouvait s'empêcher d'être sur la défensive quand elle lui jetait des piques pareilles. D'accord, il ressemblait peut-être à une grande masse de muscles, mais en dessous, il avait des sentiments, parfois beaucoup de sensibilité. Cependant, il aurait préféré se promener nu à Times Square, plutôt qu'admettre ces conneries.

Elle inclina la tête.

— Alors tu parles d'un ton condescendant aux filles, d'habitude ? Hé, ma chérie, hé mignonne, comme tu es jolie ?

Il serra la mâchoire.

— Non, je les charme. Cela implique beaucoup de compliments. Pas besoin d'avoir un vocabulaire très développé pour ça, n'est-ce pas ?

— Que faisais-tu avant de posséder ce bar ?

— Pourquoi ?

— Parce que j'essaie de comprendre ce qui fait que tu es ce que tu es.

Ce que tu es ? C'était mauvais signe.

— Que suis-je ?

Elle lui fit signe de se dépêcher.

— Dis-moi juste ce que tu faisais avant d'avoir le bar.

Il haussa une épaule.

— Après avoir eu mon diplôme de l'université de Penn...

— Penn !

— Oui, dit-il lentement. Penn. Un diplôme d'économie. Je suis allé à Wall Street avec des dollars dans les yeux. Je me suis lassé de cette vie frénétique et je suis passé dans un fonds d'investissement. Puis j'ai...

Il s'arrêta. Elle n'avait pas besoin de savoir ça.

— Quoi ? Dis-moi ?

— C'est bête. *Vraiment* bête.

— Si tu es allé à l'université de Penn, tu ne peux pas être bête. C'est écrit partout sur leur mur.

Elle s'approcha de lui en baissant la voix.

— Allez, raconte-moi.

Il grimaça.

— Je me suis marié.

Elle se redressa brusquement.

— Pourquoi était-ce stupide ?

Il passa une main dans ses cheveux.

— Parce qu'un homme amoureux fait des choses stupides. J'ai déménagé à Vegas pendant un an – c'est là que nous nous sommes rencontrés, je sais, je suis un cliché ambulant – et j'ai eu un boulot merdique dans un casino. J'ai dépensé la majorité de mes économies pour la gâter. En bref, ça s'est terminé entre nous. Je suis retourné à la maison et j'ai tout recommencé.

— Pourquoi avez-vous rompu ? chuchota-t-elle.

Comme si le fait de chuchoter allait l'aider à répondre.

— Ce n'est pas un sujet que j'aborde avec les potes.

Elle cligna des paupières.

— Puis-je être une fille juste pour cette discussion ?

Il lui fit son demi-sourire sexy.

— Bien sûr, chérie. Ça ne te regarde absolument pas.

Elle rit et le tapa dans la main.

— À plus.

— Attends. Le chèque.

Il écrivit rapidement le montant, le plia en deux et le lui donna.

Elle jeta un coup d'œil au chèque avant de lever les yeux vers lui.

— Marcus, c'est très généreux.

Il tapa sur la table.

— Et j'attends une animation fabuleuse en retour.

Elle lui fit un grand sourire.

— Merci beaucoup ! Tu ne seras pas déçu.

Elle quitta le box et marcha vers la porte.

Il la regarda partir d'un air déterminé et il se surprit à sourire. Elle l'avait classé dans la catégorie des amis, mais ça ne faisait rien. Car il n'était plus engourdi avec les femmes comme il l'avait été depuis son divorce quatre ans auparavant. Il ressentait tout : ses piques, son affection, sa joie. Il n'y avait qu'une seule explication : il l'adorait.

Tard le dimanche matin, Marcus roula jusqu'à la maison d'Ethan à Eastman, enthousiaste à l'idée de s'entraîner avec les haltères d'Ethan. Il venait de quitter la maison de sa mère. La mauvaise nouvelle était qu'elle n'avait pas appelé la psychiatre, la bonne était qu'elle n'était plus contre l'idée qu'il fréquente Lexi. Non pas qu'il en aurait tenu compte après avoir appris à la connaître. Cela faisait si longtemps qu'il était indifférent quand il sortait avec des femmes. Il flirtait, les charmait, dînait, buvait du vin, au lit, puis disparaissait. C'était devenu lassant, mais il n'avait rien changé à son comportement. Pourquoi ? Était-il trop occupé… ou ne savait-il pas être autrement ?

Ally, la fiancée d'Ethan, travaillait ce matin, alors ils étaient entre potes. Il était encore surpris de la façon dont Ethan s'était fiancé – étant donné qu'il était un gros dur – alors que Marcus avait fait tout ce qu'il pouvait pour être charmant. Et il n'avait obtenu pour ses efforts que quelques rires et beaucoup de vide.

Bon sang. Était-ce trop demander ? Pourquoi ne pouvait-il pas trouver quelqu'un comme l'avait fait Ethan ? Pourquoi Lexi ne pouvait-elle pas être cette personne ? Ne le méritait-il pas ?

Peut-être pas. Peut-être n'était-ce jamais arrivé.

Que pouvait bien avoir Ethan que Marcus n'avait pas ? Ils avaient un passé merdique similaire, avaient tous les deux grandi avec la famille Campbell, avaient des points de vue pragmatiques similaires. Plus jeune, Ethan avait été dur et sans respect pour l'autorité. C'était l'influence de leur père honoraire, Joe Campbell, qui avait mis Ethan sur la voie de son métier de policier. Et c'était une bonne chose. Un voyou minable qui en voulait à tout le monde, ce n'était pas une très grande carrière. Mais avec Ally, Ethan était différent : il était souriant, il riait, il irradiait de joie. Comment Ethan était-il passé du point A au point B ? Marcus se sentait bête de poser la question. Tout le monde savait qu'il n'avait aucun souci avec les femmes. Mais dernièrement, il avait compris qu'il ne fallait pas n'importe quelle femme. Il fallait que ce soit *la bonne*.

Quand il arriva chez Ethan, il était si agité que son ami lui jeta un coup d'œil et le guida immédiatement vers le tapis de course. La salle à manger était aussi une salle de sport. C'était plutôt sympa avec un tapis de course, une barre à disques, des haltères et un rameur.

— Commence à courir, dit Ethan. Tu te sentiras mieux.

Les cheveux châtains d'Ethan étaient déjà humides de transpiration, il devait avoir commencé avant qu'il arrive.

Marcus monta sur le tapis et Ethan s'installa sur le rameur, adoptant vite un rythme régulier.

Il commença lentement sur le tapis pour s'échauffer, jetant un coup d'œil à son ami. Ethan n'avait qu'un an de plus que lui, il avait un air dur, autoritaire, du genre « ne me faites pas chier ». Pas étonnant, étant donné son entraînement de policier. Marcus augmenta la vitesse de sa course, travaillant dur, essayant de sortir de ses pensées. Ethan ramait en silence de l'autre côté de la pièce, entièrement concentré sur le sport.

Lorsque Marcus eut fini de courir, son pouls était monté et sa tension descendue. Il ralentit le tapis pour calmer le rythme. Tant pis. Il était là, Ethan était là, ça ne faisait pas de mal de demander un indice au sujet de la façon de se faire adorer par une femme. Mais si Ethan se moquait de lui, il y aurait une bagarre. Ça pouvait mal se passer. Ethan n'était pas du genre à se laisser faire, particulièrement maintenant qu'il était entraîné à immobiliser les criminels. Marcus s'en moquait. Il ne pouvait pas supporter que l'on se moque de lui pour un problème aussi sérieux.

Adoptant le ton décontracté d'une conversation sur la

météo, Marcus posa la question qui pouvait débloquer tout son bonheur futur.

— Hé, Ethan, comment as-tu eu Ally ?

Ethan le scruta avant de se remettre à ramer.

— Comment ça, comment ai-je *eu* Ally ? On ne possède pas une personne.

— Je veux dire, euh, comment l'as-tu rendue accro ? Elle te regarde comme si tu étais… je ne sais pas, comme si elle t'adorait. Elle rayonne, tu vois ?

Ethan s'arrêta de ramer et il sourit, tout son visage s'illuminant de ce bonheur amoureux qu'il portait comme une deuxième peau plus douce.

— J'adore sa façon de rayonner. Tu poses la question pour Lexi ? J'ai vu la façon dont tu la regardais.

N'admets rien. Il n'avait pas besoin de ce genre de pression, des autres qui l'observaient tenter le coup et éventuellement échouer.

— Je ne sais pas. Juste en général.

Ethan sourit encore.

— Je n'ai aimé qu'Ally. Mais je suppose que ce que j'ai fait pourrait fonctionner pour toi. D'abord, nous avons été amis. Je l'ai invitée à faire des choses que j'aime. Tu sais, pour voir si nous étions compatibles.

Marcus éteignit le tapis de course.

— Les choses que *tu* aimes ?

Cela allait contre tout ce qu'il avait vécu avec les femmes. Il faisait toujours de son mieux pour faire ce qu'elles aimaient. Avait-il eu tout faux pendant toutes ces années ?

— Oui. Je l'ai invitée à faire de la randonnée avec mon club, pour une situation décontractée et sans pression. Je l'ai fait quelques fois.

Il fronça les sourcils.

— Cependant, ça fait des mois qu'elle n'est pas venue randonner avec moi. Elle a une règle des dix degrés. Il faut qu'il fasse au moins dix degrés.

Il leva la main pour montrer un niveau.

— Je lui ai même acheté des vêtements chauds et légers, et de super bottes de randonnée. Il s'agit d'avoir les bons vêtements pour profiter de l'extérieur, tu vois ? Mais elle dit non, absolument pas, elle a froid au visage et elle ne veut pas porter le masque facial parce que c'est bizarre.

Il plissa le front comme s'il essayait encore de trouver une solution au problème de la randonnée.

— Quoi qu'il en soit, dès que ça se réchauffe, nous nous y remettrons.

C'était la conversation la plus longue qu'il avait jamais eue avec Ethan. Il s'agissait aussi des phrases les plus longues jamais prononcées par son ami.

— Qu'as-tu fait d'autre ? demanda Marcus.

Ethan se remit à ramer.

— Je l'ai emmenée pêcher.

Marcus réfléchit. Ethan adorait pêcher, mais Marcus ne connaissait pas beaucoup de femmes qui aimaient ça. Ethan était un véritable enthousiaste de la nature.

— Quoi d'autre ?

Ethan continua à ramer joyeusement.

— Je l'ai emmenée pique-niquer. Elle a adoré les *s'mores*.

Il se tourna vers Marcus avec un si grand sourire que ses yeux bleus se plissèrent dans les coins.

— Tu étais là. Tu te souviens de la fête près du lac ?

Ally et ses amies avaient organisé cette fête.

— Alors en gros, tu n'as fait aucun effort ?

Marcus devait faire des tonnes d'efforts avec les femmes, réservant dans tous les meilleurs restaurants de la ville, tirant les ficelles quand il le fallait pour avoir la meilleure table. Non seulement ça, mais il faisait ce qu'il pouvait pour trouver les bons compliments, et il s'assurait toujours que la femme jouisse en premier chaque fois. En quoi était-ce juste ? Ethan n'avait rien fait du tout.

Ethan s'arrêta de ramer et lui jeta un regard noir.

— J'ai fait un effort. Bon sang. N'écoutes-tu pas ? Je l'ai emmenée faire tout ce que je préfère. C'est ainsi qu'elle a appris à me connaître.

— Et puis elle est tombée follement amoureuse de toi ? Ethan, j'ai vu la façon dont elle te regarde. C'est comme si tu ne pouvais rien faire de mal.

Il leva la main au plafond en ajoutant :

— Comme si tu étais ici.

Ethan sourit, se leva et s'étira.

— Oui, eh bien, elle est comme ça pour moi. Nous sommes sûrs l'un de l'autre. Nous apprécions tous les deux ce que nous avons.

Il n'arrivait toujours pas à croire qu'Ethan en était arrivé là en ne faisant aucun effort.

— Alors, comment es-tu monté à ce niveau ?

Ethan haussa les épaules.

— Quand j'ai su que je lui plaisais, j'ai tenté le coup. Tu le sauras quand le moment sera venu.

— Oui, je suppose.

Sauf qu'il était plus perdu que jamais. Il avait tenté le coup de nombreuses fois avant, et ça ne lui avait jamais donné une femme qui l'aimait lui, et seulement lui.

— Et donc, un jour tu es simplement tombé amoureux ?

Ethan s'approcha de lui.

— C'était du genre : je pensais constamment à elle, j'étais enthousiaste à l'idée de la voir, et puis c'est monté à un point où il m'était difficile de ne pas être avec elle. Il y avait aussi toutes ces histoires avec la mort de Peggy.

C'était sa mère adoptive.

— Ça m'a ouvert à la possibilité d'aimer. Il faut être ouvert. Une fois que c'est le cas, on ressent tout.

Marcus poussa un soupir et éteignit le tapis de course.

— C'est profond.

Ethan hocha la tête.

Marcus se dirigea vers les haltères.

— Que faites-vous maintenant qu'il fait trop froid pour la randonnée et la pêche ?

— On traîne ici.

Ethan détourna les yeux en marmonnant :

— On fait d'autres choses.

Marcus bondit là-dessus.

— Quel genre de choses ? Se pourrait-il que tu fasses des choses qu'elle aime ?

Ethan se laissa tomber sur le sol en planche, maintenant son corps parfaitement immobile.

— Ce n'est pas comme s'il y avait un match tous les soirs.

— Regardes-tu des émissions pour filles ? le taquina Marcus.

Ethan maintint la planche en répondant d'un ton défensif :

— Je lui tiens compagnie, c'est tout. Certains de ces programmes de décoration apprennent des choses. On économise pour acheter une maison, tu sais. Et elle aide Hailey le week-end pour planifier les mariages et les histoires de sologamie, alors tu sais, il y a aussi des émissions qui peuvent l'aider avec ça. Il y a des programmes pour tous les sujets.

Il passa à des pompes rapides.

Marcus attrapa une paire d'haltères et il fit quelques flexions du bras au ralenti.

— D'accord. Attends, la sologamie ?

Ethan grogna, termina ses pompes et se leva, en expliquant comment les femmes s'épousent elles-mêmes lors d'une cérémonie de sologamie et s'engagent à être maîtresses de leur propre bonheur.

— C'est une histoire d'indépendance. Ally et toutes ses amies ont fait la cérémonie de sologamie ensemble. Maintenant, Ally le propose en option pour les mariages, cela sert à renforcer les liens des mariées, des demoiselles d'honneur et de toutes les femmes qui veulent s'y joindre. Ce n'est pas une blague.

Marcus resta sans voix. Entendre Ethan parler avec une telle sagesse de l'indépendance des femmes était un choc. Il était tellement masculin. Il avait vraiment changé depuis qu'il était avec Ally. Ce n'était ni bon ni mauvais, vraiment, c'était juste différent.

Ethan ramassa la barre à disques et la souleva au-dessus de sa tête.

— Et nous sortons encore. Au centre commercial, par exemple.

Il imaginait très bien la scène féminine.

— Tu vas faire les courses avec elle ?

— La ferme.

Il posa la barre sur le sol.

— Tu m'as demandé des conseils, je t'ai donné des conseils.

— D'accord, t'es susceptible ! Je suis heureux pour toi, mon vieux. Vraiment.

Ethan souleva encore une fois la barre au-dessus de sa tête.

— Je me moque de ce que l'on fait... du shopping, de la pêche, peu importe. Je l'aime et son bonheur est tout pour moi. Je regarderais toutes les émissions de décoration, tous les programmes de préparation au mariage, tous les films mièvres et romantiques s'il le faut.

Il redescendit la barre jusqu'au sol et regarda Marcus dans les yeux d'un air sérieux.

— Je tiendrais son sac et je la regarderais essayer des vêtements jusqu'à pas d'heure. Je pourrais sortir la nuit pour lui acheter sa glace préférée ou des tampons...

— Ho, trop d'informations !

Ethan lui sourit bêtement. Quel type bizarre.

— C'est comme ça.

Marcus regarda Ethan s'entraîner quelques minutes en y réfléchissant. Il ne l'imaginait pas. Ethan le dur dans le rayon d'hygiène féminine ? À la caisse, payant devant des témoins et tout ? Il finit par dire à Ethan :

— Putain, c'est vraiment tordu.

Ethan ricana.

— C'est l'amour. Quand tu seras ouvert à quelque chose d'aussi sérieux, ça t'arrivera aussi.

Marcus lui fit signe de le laisser utiliser la barre à disques et ils échangèrent de place.

— C'est terrifiant.

Ethan ramassa les haltères.

— Ce n'est pas pour les âmes sensibles. Il faut être grand pour savoir tomber de cette façon. Ça rend modeste en faisant comprendre ce qui est vraiment important. Elle est tout mon cœur.

Il eut la voix étranglée sur la fin.

Marcus sentit sa gorge se nouer en voyant l'émotion de son ami anciennement si stoïque.

— C'est cool. Je suis content que tu vives ça.

Ils terminèrent leur entraînement et ils se dirigèrent vers la cuisine pour se réhydrater. Ethan versa deux verres d'eau et il s'assit avec lui à la petite table de la cuisine.

Ethan le scruta à sa manière de policier.

— Que se passe-t-il avec Lexi ?

Marcus but une grande gorgée d'eau.

— Je ne sais pas. Nous sommes amis, je suppose.

Et elle voulait qu'il la traite comme un homme, ce qui l'avait mis dans cette situation étrange où il voulait davantage sans savoir comment l'obtenir. Il ne s'imaginait pas suivre les conseils d'Ethan : inviter Lexi à faire ce qu'il préférait, la musculation. *Lui acheter ses tampons ?* Il frissonna.

Ethan frappa la table et Marcus sursauta.

— La vie est vraiment courte. Si tu penses qu'il y a quelque chose, tente le coup. Demande-lui de faire ce que tu aimes. Peut-être pas lever de la fonte, ce n'est pas très facile pour une femme. Qu'aimes-tu d'autre ?

— Le basket.

— Tu veux jouer au basket avec elle ?

— J'ai des billets à la saison pour les Knicks.

Ethan inclina la tête en réfléchissant.

— Ouais, je suppose que ça pourrait marcher. Si elle ne s'ennuie pas trop. Tu vois, avec la randonnée ou la pêche, il y a toujours quelque chose à faire. C'est ce que j'aime avec la nature.

— Ah.

Marcus aimait rester dans la maison.

Ethan but une gorgée, posa son verre et leva une main.

— Je viens de me souvenir d'autre chose. Zach dit que d'un point de vue anthropologique, le mâle dominant a de la valeur en tant que partenaire quand il est capable de protéger et de nourrir les petits. Pas dominant dans le sens où il écrase la femme. Plutôt en montrant que tu as la force de chasser les ennemis, de protéger la famille et de ramener la nourriture à la maison. Tu devrais en discuter avec Zach. Il a une compréhension vraiment profonde des traditions de la cour et du mariage.

Marcus cligna des paupières. Ethan devenait étrangement éduqué. Il avait grandi dans la même maison d'accueil que Zach, qui était maintenant professeur d'anthropologie. Zach racontait toujours des histoires sur l'instinct animal. Ce n'était pas d'une grande aide à l'époque moderne.

— Je devrais donc lui apporter de la viande ou du poisson ? demanda Marcus pour plaisanter.

— Ça pourrait marcher, répondit Ethan avec enthousiasme. Et fais attention à plaire à sa famille et ses amies. C'est biologique. Zach me l'a expliqué. L'approbation du partenaire et tout ça…

Cela lui parut logique. Et Zach était sur le point de se marier en mai, alors il y avait peut-être bien quelque chose de vrai dans ses histoires anthropologiques.

Il avait maintenant la tête remplie d'informations et il ne savait pas ce qui s'appliquait à sa situation actuelle.

Tant pis. Il allait tout essayer.

7

Lexi n'était pas aussi immunisée contre Marcus qu'elle l'aurait souhaité. Elle s'était dit qu'il valait mieux être juste des amis, mais elle se surprit à penser bien trop souvent à lui. Tout d'abord, il était intelligent. C'était encore plus sexy que son corps, qui était déjà très sexy. Deuxièmement, il avait une gentillesse tendre cachée sous tous ses muscles massifs. Comme la façon dont il lui avait généreusement offert du travail, comment il s'occupait de sa mère et faisait des câlins à la petite Rose et… oh, presque tout. Maintenant qu'elle avait aperçu ce côté doux, elle ne pouvait plus l'ignorer. Il était sensé, séduisant et sexy… la triade en S qui garantissait que toutes les femmes s'évanouissaient en soupirant et en susurrant.

Comment pouvait-il s'agir du même homme qui laissait les femmes dévastées sur son passage ? Il devait y avoir une explication raisonnable aux rumeurs terribles à son sujet. Son ex-femme l'avait peut-être tellement perturbé qu'il avait perdu les pédales pendant un moment, mais qu'il allait mieux maintenant. Il semblait stable. Ou peut-être était-elle dans le déni. Ce n'était pas la première fois. Et n'avait-elle pas été punie pour cela avec l'ex qui l'avait trompée ?

Elle soupira, ouvrit le frigo et fixa l'intérieur en espérant vainement que le dîner se prépare par magie. Dommage. Les fées de la cuisine l'avaient encore laissée tomber. Elle ferma la porte et attrapa une boîte de Miel Pops. Elle jeta quelques boules de maïs soufflé dans sa bouche et mâcha d'un air songeur en se remplissant un bol. Cherchait-elle simplement des excuses pour Marcus à cause de la triade inattendue des S ?

Elle versa du lait dans le bol, attrapa une cuillère et se dirigea vers le canapé. Il était dimanche soir et elle se disait qu'elle allait zapper pour voir s'il y avait quelque chose à regarder. Elle venait de s'installer sur le canapé lorsque la sonnette retentit. Maintenant que ses amies avaient déménagé, personne ne passait jamais sans prévenir. Oh, merde. Était-ce Marcus ? Il était sans doute revenu en ville. Elle regarda son vieux sweatshirt violet et son jogging gris, eut un bref moment de panique, puis décida de laisser tomber. Elle n'était pas obligée de soigner son apparence pour lui. Ils étaient simplement amis. *Si c'était lui.* Pourquoi espérait-elle soudain que ce soit le cas ?

La sonnette retentit encore.

— J'arrive !

Elle se précipita vers la porte et jeta un coup d'œil par le judas. Son cœur se mit à battre très fort et elle se sentit soudain très réchauffée. Elle ouvrit la porte et Marcus se tenait là en veste de cuir noir, en jean et en chaussures de travail noir, ressemblant au bad-boy de ses fantasmes.

— Salut, dit-elle d'un ton décontracté. Je ne m'attendais pas à te voir.

Il leva un sac en papier qui sentait très bon.

— J'ai apporté des ailes de poulet. Les Knicks jouent à l'extérieur ce soir. Ça te gêne si je regarde le match sur ta télé, mon pote ?

Elle lui avait effectivement dit de la traiter comme un homme. C'était une activité entre amis qui ne risquait rien. Et des ailes de poulet lui faisaient plus envie que des céréales.

Elle lui fit un grand geste.

— Entre, je t'en prie.

Il sourit et ses yeux sombres s'illuminèrent.

— Excellent.

Il la suivit à l'intérieur.

— Je n'ai pas encore pris de télé pour ma location temporaire. Je regarde surtout des choses sur mon ordinateur. Le match est plus agréable sur un grand écran.

— Assieds-toi, dit-elle en passant dans la cuisine. Je vais attraper des assiettes et des essuie-tout. Les ailes de poulet, c'est salissant.

Son estomac gargouilla d'anticipation.

— Veux-tu boire quelque chose ?

— As-tu de la bière ?

— Non. J'ai du lait ou de l'eau.

— De l'eau, s'il te plaît.

Quand elle ramena tout sur la table basse, Marcus s'était déjà installé comme chez lui, s'étalant sur son canapé vert. Les jambes écartées, les bras étirés sur le dos du canapé, le regard fixé sur le match. Entre potes. Il avait été assez attentionné pour ne pas commencer à manger. Les boîtes de nourriture n'avaient pas été touchées sur la table.

Elle en ouvrit une. Il y avait même du céleri avec de la sauce ranch.

— Celle-là est moyennement forte, dit-il. L'autre est plus épicée. Je ne savais pas si tu supportais ce qui est pimenté.

Elle tourna brusquement la tête vers lui. Quelque chose dans son ton contenait un sous-entendu subtil. Elle savait jouer à ce jeu, elle aussi.

— Je peux tout supporter.

Il y eut un éclat dans les yeux sombres de Marcus.

— Relevé, épicé ou torride ?

— Oui, souffla-t-elle.

Il fit son demi-sourire sexy.

— C'est bon à savoir. Je m'en souviendrai pour la prochaine fois.

Il lui fit un clin d'œil, empila des ailes de poulet sur une assiette et se remit à regarder le match.

Elle s'assit à côté de lui et fit comme si tout était normal. Juste deux potes qui traînaient ensemble devant le match. Sauf qu'elle jouait avec le feu. Elle posa des ailes sur son assiette et prit une bouchée. Mmm... c'était tellement bon.

— C'est nettement meilleur que ce que j'allais avoir pour dîner, lui dit-elle.

Il la dévisagea.

— Ah bon ? C'était quoi ?

— Des Miel Pops.

Elle attendit qu'il la juge. Il était clairement un accro du fitness et de tout ce qui était bon pour la santé.

— J'ai toujours des céréales Golden Grahams dans mon placard pour les jours où je suis trop fatigué pour cuisiner.

Elle sourit un peu.

— Oh. Je croyais que tu ne consommais que des suppléments aux protéines et beaucoup de viande rouge.

— En général, je mange des choses saines, mais les Golden Grahams ne sont pas si terribles. Elles n'ont pas trop de sucre.

Elle se détendit et mangea quelques ailes de poulet.

— Alors, qui gagne ?

— Les Knicks. Mais ce n'est que le premier quart-temps.

Il but de l'eau.

— Veux-tu que je t'explique le jeu ?

— Je le connais. C'est juste que je ne suis pas vraiment fan.

Il posa son verre.

— Et moi je débarque ici pour utiliser ta télé. Vas-y, mets la chaîne que tu veux.

— Ça va. J'ai un grand frère. Il y avait toujours du sport à la télé à la maison.

Elle attrapa une aile de poulet.

— De toute façon, tu m'as apporté un repas chaud.

Ils mangèrent en silence en dehors du bruit de la télé et du cri occasionnel de Marcus quand les Knicks marquaient. C'était assez sympa d'avoir de la compagnie. Maintenant que ses amies ne vivaient plus au bout du couloir, elle passait beaucoup de temps seule chez elle. Le fait qu'elle travaille à la maison ne l'aidait sans doute pas. Jusqu'ici elle avait lancé son entreprise en utilisant l'avocate suggérée par Hailey, elle avait fait des cartes de visite, et créait autant que possible du réseau en ligne et dans la vie réelle. Elle devait sans doute aussi apprendre l'aspect financier de l'installation à son compte afin d'être prête. Elle jeta un coup d'œil à Marcus. Il pouvait l'aider avec son diplôme en économie, et puis il possédait sa propre entreprise.

Elle attendit qu'ils aient tous les deux fini de manger et que ce soit la publicité pour lui demander. Elle savait qu'il ne fallait pas essayer de parler à un fan de sport masculin au milieu d'un match.

— Bien sûr, je pourrais t'expliquer le côté financier.

— Merci, j'apprécie vraiment.

Elle rassembla les déchets du repas et elle les jeta dans le sac à emporter.

— Je me suis dit qu'il valait mieux que je sois préparée dès le départ. C'est un peu angoissant d'être son propre patron. Je veux dire, tout dépend de moi-même.

— Être ton propre patron, c'est merveilleux. Bien sûr, il y a beaucoup à apprendre, mais tu y arriveras.

— Merci.

Elle ramena les ordures à la cuisine, se sentant un peu plus optimiste au sujet de sa carrière future.

Elle retourna au salon et il lui fit un sourire qui accéléra son pouls. Il semblait heureux de la voir, heureux d'être avec elle, et bon sang, elle était tout aussi heureuse de cette situation. Ce n'était pas bien. *Il fallait des limites.*

Elle se laissa tomber sur le canapé et elle posa les pieds sur la table basse. Il fit pareil, étalant les bras sur le dos du canapé, en posant un juste au-dessus de sa tête. Elle se redressa et poussa son bras.

— Tu ne peux pas t'étaler sur tout mon canapé. Respecte mon espace personnel.

— Pardon. Je n'ai pas vu que je m'étalais.

Il serra les bras contre lui.

— Je m'étais juste détendu.

Elle fixa le match, de plus en plus irritée. Elle ne voulait pas le désirer, mais il était là, l'air sexy comme un bad-boy, lui apportant un dîner délicieux, étant tout attentionné. Son odeur sexy et musquée se mêlait à la sauce piquante et la rendait folle de désir. Voilà. Il fallait qu'elle connaisse la vérité à son sujet, alors elle fit ce qu'aucune femme saine d'esprit aurait fait au bad boy sexy dans son appartement : elle le confronta.

Elle attrapa la télécommande et elle mit le jeu en pause.

— J'ai entendu dire que tu ne croyais pas en la monogamie.

C'était une référence polie à ses infidélités.

— Dans ce cas, pourquoi t'es-tu marié ?

Il la regarda, l'air surpris et ennuyé, sans doute parce qu'elle avait interrompu le match.

— Eh bien ? insista-t-elle.

Son visage se ferma et il parla d'une voix sèche :

— J'ai cru en la monogamie jusqu'à ce que mon mariage tombe en miettes.

— Et c'est alors que tu l'as trompée ?

Il fronça les sourcils.

— J'ai toujours été fidèle. C'est elle qui m'a trompé avec plusieurs hommes.

Elle sentit son estomac se nouer en comprenant. Il avait été blessé comme elle. Elle ne pouvait qu'imaginer ce qu'il avait dû ressentir à cause de la personne qu'il aimait assez pour l'épouser. Ce devait être la raison pour laquelle il ne croyait pas en la monogamie.

— Je suis désolée. C'est dur.

— Oui, c'était dur, mais je suis passé à autre chose. C'était il y a quatre ans. Peux-tu remettre le match ?

Elle n'avait pas tout à fait terminé.

— C'est pour cela que tu es devenu infidèle, à sortir avec trois femmes en même temps. C'était à cause de ton ex-femme.

Il lui prit la télécommande des mains mais n'appuya pas immédiatement sur le bouton. À la place, il lui jeta un regard noir.

— J'ai dit que je n'étais pas infidèle. Après mon divorce, j'étais en chute libre. Je n'étais pas prêt à fréquenter quelqu'un de façon exclusive et je l'ai dit à chaque femme avec laquelle je suis sorti. Tout était franc dès le départ. Elles pouvaient voir qui elles voulaient pendant que je faisais pareil. Et puis, c'était il y a un moment. Je ne vois personne depuis des mois.

Elle fit un effort pour cacher sa surprise. Un homme viril et sexy comme Marcus qui n'avait fréquenté personne pendant des mois ? Elle voulut soudain le serrer dans ses bras. Elle était si soulagée d'entendre qu'il y avait des explications entièrement raisonnables à son comportement. Malgré tout, elle allait se sentir mieux si elle savait tout, si elle allait au fond de sa mauvaise réputation et qu'elle découvrait qu'il était le type bien qu'elle voulait qu'il soit depuis le départ.

— Pourquoi n'as-tu vu personne ?

Il parla en serrant les dents :

— Parce que.

Ce n'était pas une vraie réponse.

— Pourquoi as-tu eu besoin de voir trois femmes en même temps ?

Il serra la mâchoire.

— Parce que c'était amusant.

— Et puis un jour ça ne l'était plus ?

Elle vit un muscle tiquer dans sa mâchoire.

— Oui.

Elle s'étonna de l'irritation manifeste de Marcus. N'était-elle pas censée lui poser des questions pertinentes ?

— Et Ellie ?

— Quoi ?

— Tu lui as donné la clé de ton appartement.

— Pas de mon logement. C'est ma location. Maintenant, pouvons-nous regarder le match ?

Elle voulait l'apaiser, mais elle ne savait pas comment. Tout ce qu'elle savait, c'était qu'il avait un côté tendre qui avait dû être profondément meurtri pour qu'il agisse comme il l'avait fait. Et s'il n'avait vraiment plus de sentiments pour son ex maintenant, cela signifiait peut-être qu'il revenait à son état normal. Le problème était qu'elle ne le connaissait pas assez bien pour deviner ce qui était son état normal et ce qui était Marcus en chute libre.

Elle se décala vers lui, poussant affectueusement son bras avec son épaule.

— J'étais simplement curieuse parce que... tu es ici et tu sens bon et tu m'as apporté à manger.

Il posa la télécommande et la regarda fixement.

— Je crois à nouveau à la monogamie. C'est ce que je veux. J'ai vu tous mes amis trouver leurs partenaires, des femmes qu'ils adorent et... je suis fatigué de me sentir vide. Fatigué de jouer à des petits jeux. Épuisé par le monde des célibataires.

Elle eut une poussée d'adrénaline et son cœur se mit à battre follement en apercevant ce nouveau côté de Marcus.

— Tu veux une femme à adorer ?

Il se pencha près d'elle et il fit passer ses cheveux derrière son oreille.

— À vrai dire, il y a déjà une femme que j'adore.

Il la regarda dans les yeux, affectueux et tendre et gentil. Et elle fondit. Elle fondit complètement.

— Moi ? demanda-t-elle pour être sûre.

Il sourit.

— Oui, toi.

Il passa les bras autour d'elle et il la serra contre lui. Elle ne s'y était pas attendue. Elle posa la joue contre son torse et elle entendit son cœur battre sous son oreille. Était-il aussi effrayé qu'elle ?

Elle leva les yeux vers lui.

— Mon ex m'a trompée aussi. Je les ai trouvés dans notre lit. C'était chez lui, alors quand nous avons rompu, j'ai également perdu ma maison et notre chien.

Elle eut soudain la voix étranglée. Elle *adorait* ce chien. Ils avaient adopté Tig, un boxer, ensemble, mais c'était elle qui l'avait éduqué et qui s'en occupait.

— Lex, c'est terrible. Je suis désolé que ça te soit arrivé.

Elle déglutit malgré la boule dans sa gorge.

— Je ne suis sortie avec personne depuis, ça fait de nombreux mois. Je n'ai même pas été tentée.

Il la regarda dans les yeux et elle pensa qu'il allait la draguer en faisant une remarque sur la tentation, mais il la surprit encore.

— Nous allons récupérer ton chien.

Elle se redressa, le cœur serré.

— Merci, vraiment, c'est très gentil…

Sa voix se brisa et elle toussa pour le cacher.

— C'est très gentil, mais mon ex, il, euh, a obtenu une injonction d'éloignement à mon encontre. Je pourrais me faire arrêter.

— Attends. Reviens en arrière, raconte-moi toute l'histoire.

Elle lui parla de Tig. Après qu'elle ait surpris Noah en train de la tromper, il l'avait jetée dehors et il avait gardé Tig. Comme elle n'était pas du genre à abandonner l'amour de sa vie, elle avait essayé de reprendre le chien tôt le lendemain matin. Noah l'avait prise sur le fait alors qu'elle essayait de faire monter le grand chien sur le siège arrière de sa Subaru. Tig n'avait pas été coopératif, pensant sans doute qu'il allait chez le vétérinaire. Peu de temps après, Noah gardait le chien et une injonction d'éloignement contre elle.

— Et voilà ma courte vie de criminelle, conclut-elle.

Marcus pinça les lèvres, prenant visiblement sa perte très au sérieux.

— Si tu me donnes l'adresse, je le récupérerai pour toi. Il n'a pas d'injonction contre moi.

Elle entrouvrit les lèvres, le souffle coupé, le cœur gonflant d'affection.

— Tu ferais ça pour moi ? Tu entrerais par effraction, tu volerais ?

— Carrément. Je comprends l'amour pour son animal domestique.

Sa lèvre inférieure trembla un peu et elle eut les yeux qui brûlaient.

— C'est la chose la plus gentille que quelqu'un ait proposé de faire pour moi.

Elle essuya l'humidité qui coulait de ses yeux.

— Mais en vérité, je n'ai pas de jardin pour Tig, et Noah est retourné vivre dans la maison de ses parents. Il a perdu son travail. Ils ont un immense jardin clôturé et un petit chien, une femelle yorkshire qui est comme sa meilleure amie. Il semble assez heureux.

Il la fixa.

— Et tu sais tout cela parce que…

— Eh bien, il fallait que je garde un œil sur Tig.

— Alors tu as espionné ton ex ?

— Non ! Je lui ai envoyé un mail et il m'a répondu en envoyant une photo de Tig avec Sugar.

Il posa sa grande main contre le visage de Lexi.

— Ooh, Lexi, tu as un cœur d'artichaut caché là-dedans, non ?

— La ferme.

— Toi, la ferme.

Et puis il l'embrassa.

Et il était doué.

Bon sang.

Il bougea ses lèvres sur les siennes, c'était une chaleur douce, sa langue parcourant la ligne de sa bouche, cherchant l'ouverture. Elle s'ouvrit à lui et le baiser devint sauvage, tout de lèvres et de langues et de dents. Elle monta sur ses genoux, passant les bras autour de son cou, s'appuyant contre son corps dur et musclé, se perdant dans son goût, son odeur, sa bouche glorieuse.

Il passa les mains sous son sweatshirt et remonta sur son dos nu, causant une chaleur électrique partout où il la touchait. Elle se frotta contre lui, la bosse dure de son jean touchant exactement le bon endroit, la rendant folle de désir.

Il rompit soudain leur baiser en haletant.

— Je dois partir.

Elle lui attrapa la tête.

— Tu plaisantes ?

Mais il ne plaisantait pas. Il retira les mains de Lexi, la posa à côté de lui et se leva. Elle chercha à l'attraper, mais il s'éloigna.

— Lex, je veux prendre le temps avec toi.

— Ça ne me gêne pas d'aller vite.

Il poussa un soupir en fixant un point au-dessus de son épaule.

— Je ne me précipite plus au lit désormais. Il faut au moins arriver jusqu'au troisième rendez-vous, maintenant.

Elle le regarda bouche bée. Il se tenait devant elle et ne la touchait pas. Oh, n'était-ce pas l'ironie ultime ? Elle avait trouvé le meilleur excitant : un bad-boy repenti, qui était aussi le pire allumeur. En tout cas, elle espérait qu'il se soit repenti. Il lui restait quelques doutes, surtout à cause de ce qu'Ellie lui avait raconté, mais pouvait-elle vraiment faire confiance à Ellie ? On aurait dit des rumeurs de travail.

Il se pencha et posa un baiser sur le haut de sa tête.

— Je te vois bientôt pour un deuxième rendez-vous.

— Ceci était un rendez-vous ?

Dans sa tenue minable ?

— Oui.

Puis il sortit.

Elle fixa la porte, toujours stupéfaite. Cela venait-il vraiment de se passer ? Quel type partait au milieu d'une série de baisers torrides avec une femme pleine de désir ? Quel type partait au milieu du match de son équipe préférée ? Elle ralluma la télévision. Elle était toujours en pause au début du troisième quart-temps et il y avait égalité. La victoire n'était pas certaine du tout. Il aurait dû vouloir savoir qui gagnait, il aurait dû rester pour le découvrir.

C'était à cause d'elle. Parce qu'il l'adorait. Une sensation chaude et agréable la traversa, causant un frisson. La situation était plus dangereuse qu'elle ne l'avait cru. Elle était fatale.

Il essayait de *lui faire la cour.*

Et malgré toutes ses défenses et sa résistance naturelle à toute vulnérabilité, son cœur se serra en pensant à l'éventualité de sa propre aventure romantique. Était-il vraiment possible que l'homme qui représentait tout ce qu'elle méprisait fût en réalité tout ce qu'elle avait toujours voulu ?

8

————————

Marcus s'était réfugié au bar chez Garner's pour regarder la fin du match des Knicks. Le fait qu'il doive s'exiler à l'autre bout de la ville pour éviter la tentation de Lexi au bout du couloir était un problème. Il avait tenté le coup – purement par instinct – mais il avait dû s'arrêter, car cette femme était différente. Il ne voulait pas refaire la même routine du vin, dîner, lit, même s'il ne pouvait pas vraiment comparer les ailes de poulet à un dîner galant. Il avait eu l'intention d'avoir une soirée amicale comme Ethan l'avait suggéré, afin d'apprendre à se connaître en faisant ce qu'il aimait. Il avait même incorporé les conseils de Zach en apportant de la viande.

Il poussa un soupir viril. Maintenant qu'il avait franchi la limite – il avait admis qu'il l'adorait – il devait faire quelque chose de spécial, mais quoi ? Il supposa qu'il pouvait lui demander ce qu'elle aimait faire, mais s'il devait être coincé à faire des choses de fille gênantes comme une manucure ou des courses dans une brocante ou le pire du pire, acheter des chaussures…

— Oui, cria-t-il lorsque les Knicks gagnèrent.

Il avait raté un troisième quart intense, mais le quatrième avait été merveilleux, car les Knicks avaient tout déchiré.

Josh s'approcha de lui. Il travaillait au bar, comme d'habitude.

— Veux-tu une autre bière ?

Il observa Josh un instant. Sa barbe de trois jours frôlait la barbe sérieuse, comme si cela faisait plutôt une semaine qu'il ne s'était pas rasé. Josh traversait-il quelque chose ? Le froid avec Hailey lors de la soirée filles l'avait peut-être beaucoup affecté ? Ou alors son ex lui manquait. Ils avaient été ensemble pendant deux mois : c'était sans doute la relation la plus longue de Josh. Mais c'était en décembre, plus de deux mois auparavant. Il devait s'agir de Hailey.

Marcus rejeta la proposition de bière de la main.

— Non merci. Ça va ?

— Oui, bien. Pourquoi cette question ?

— Hailey.

Josh serra la mâchoire, muet comme chaque fois que le nom de Hailey était mentionné dans la conversation.

Marcus avait grandi avec Josh comme si c'était son frère, ce qui expliquait qu'il ne le ménageait pas.

— Qu'est-ce qui s'est passé l'autre soir ? Elle était si contrariée qu'elle est rentrée à pied dans le froid une nuit de février *et* qu'elle a oublié son chien. Tu sais comme elle aime son chien.

Josh serra la mâchoire.

— Je lui ai proposé de la ramener.

— Qu'as-tu fait ?

Il jeta les mains en l'air en s'exclamant :

— Je n'ai rien fait du tout !

Marcus inclina la tête.

— Qu'a-t-elle fait ?

— Ça ne te regarde pas du tout.

Intéressant.

— D'accord, d'accord.

C'était étrange que Hailey soit à blâmer si c'était elle qui était rentrée seule dans le froid. Quelque chose ne tournait pas rond.

Josh s'éloigna, allant voir d'autres clients, essentiellement des hommes qui étaient venus voir le match. Marcus attendit qu'il leur serve des bières avant de lui faire signe de venir.

Josh mit du temps à le rejoindre.

— Quoi ?

— J'ai besoin d'idées de rendez-vous en dehors d'un dîner.

Josh se détendit.

— Avec qui veux-tu sortir ?

— Lexi Judson.

Josh ricana.

— Le nom complet, hein ? Ça a l'air sérieux. Eh bien, qu'aime-t-elle faire ?

— Je ne sais pas.

— Tu peux lui poser la question, tu sais.

Et être forcé à supporter des activités de fille ?

— Donne-moi simplement des idées.

Josh regarda le plafond.

— Alors, en dehors du dîner, tu pourrais faire plein de choses pas chères comme une randonnée et un pique-nique, marcher le long de la promenade et essayer de lui gagner un prix à un des jeux de la foire, faire un tour dans le parc et la laisser lécher les vitrines, lui acheter de la glace, ce genre de choses.

— On est en février, quand même. Il fait un peu froid pour la plupart de ces idées.

Josh en énumérera d'autres :

— Du patinage, une librairie avec un café, un bar avec une piste de danse.

Il lui fit signe.

— Tu as le Burrow. Emmène-la là-bas pour boire un coup et, si ça lui va, tu la fais monter dans la salle privée pour jouer au billard, pour danser, ou *ce que tu veux*.

Il lui fit un clin d'œil.

— Ce sont trois activités d'un coup et ça ne te coûte rien.

Marcus rit.

— Je n'essayais pas d'être économe. Je voulais juste que ce soit spécial.

Josh jeta un coup d'œil le long du bar, vérifiant sans doute où en étaient les niveaux des boissons. Il se retourna vers Marcus.

— À vrai dire, il faut bien la connaître pour faire quelque chose de spécial.

— Qu'as-tu fait pour tes rendez-vous avec Clarissa ?

C'était son ex.

— Tss tss, si je te le dis, il faudra que je te tue avant que tu le répètes aux autres.

— À ce point, hein ?

Josh poussa un soupir et lui jeta un regard contrit.

— Disons simplement qu'il y a eu beaucoup trop de yoga et de boissons vertes.

— Je suppose que ça explique pourquoi ça n'a pas fonctionné.

Josh attrapa un torchon et commença à nettoyer la surface du bar.

Il pensa à l'idée du Burrow.

— Le truc avec la salle privée, c'est qu'elle est un peu trop privée.

Josh jeta un torchon sous le bar.

— Tu ne veux pas être seul avec elle ? *Toi* ? C'est la meilleure.

— Elle est différente.

Josh leva les yeux au ciel.

— Holà, voilà les mièvreries qui arrivent. Alors, invite ses amies, fais une fête.

— Un rendez-vous de fête.

Josh leva les mains.

— Et pourquoi pas ?

— D'accord. Je vais voir si la salle privée est disponible.

Il envoya un texto à Ellie qui travaillait ce soir. Elle le rappela quelques minutes plus tard. La salle était réservée pour le vendredi et le samedi soir. Le jeudi était disponible, et il lui demanda de la réserver. Il leva la tête.

— Alors, quelle est la façon dia plus simple de contacter tout le monde ?

— Il te suffit de dire ce que tu as en tête à Hailey et elle fera le reste.

— Tu as son numéro ?

— Oui. Ça ne la gênera pas que je te le donne. Elle vit pour ce genre de bêtises.

Josh sortit son téléphone, le tapota quelques fois, puis écrivit le numéro sur une serviette.

Marcus ricana.

— Tu ne vas pas me laisser voir ton téléphone, hein ? Vous menez une guerre des textos ? Ou bien s'agit-il de sextos ?

Josh rangea le téléphone dans la poche de son jean.

— Ne sois pas ridicule.

Quelqu'un était ridicule et ce n'était pas Marcus. Il ne dit rien, car Josh, comme toujours, lui avait rendu service.

— Merci, vieux.

Josh grogna.

Marcus envoya un texto à Hailey qui répondit tout de suite. *Je m'en charge ! Ça va être sympa !* Puis il envoya un message à Lexi pour l'inviter.

Lexi : *Vas-tu partir en courant après la fête ?*

Son cou devint tout rouge. *Je ne suis pas parti en courant ce soir. Tu es spéciale. Ça veut dire qu'il faut prendre le temps.*

C'est embêtant, parce qu'un bad boy repenti me fait marcher. Prépare-toi à te faire démolir au billard.

Il éclata de rire. Il avait fait le bon choix. Un rendez-vous spécial, en prenant le temps. Et pas de choses pour filles, et Lexi était partante.

Je te verrai là-bas, alors, envoya-t-il.

Tu vis au bout du couloir. Je suis certaine que je te verrai avant.

Que dirais-tu de déjeuner avec ma mère demain ?

D'accord. Allons-nous toujours faire des choses avec d'autres personnes ?

Il sourit encore et il lui répondit : *Pour l'instant.*

Je suppose que mon vibro va devoir reprendre du service.

Il gloussa. *J'aimerais bien voir ça.*

Alors, viens.

Pas encore, chérie.

Ne me chéris pas !

Pas encore, madame l'excitée.

C'est vrai.

Il sourit et il surprit le regard appuyé de Josh.

— Elle est drôle, lui dit-il.

— Et… dit Josh d'une voix traînante. Voilà comment il rejoint les rangs des autres zombies.

— Les zombies ?

Josh hocha la tête.

— As-tu déjà remarqué comme les types ressemblent à des zombies une fois qu'ils sont casés ? Oui ma chère, comme tu veux. J'aime ce que tu aimes, ma chérie.

Il fit un rictus avant d'ajouter :

— C'est pathétique.

Marcus ne put s'arrêter de sourire, ravi d'être inclus dans le groupe des zombies de l'amour. Il était assez malin pour ne pas dire à Josh qu'il avait lui aussi cédé à toutes ces histoires de yoga et de boissons vertes pour sa copine. À la place, il le montra du doigt.

— Et puis il n'en resta plus qu'un.

— Ouais, ouais, dit Josh. Le dernier homme debout. Le seul à avoir la tête sur les épaules.

— Pour l'instant.

Josh lui donna une tape sur la joue.

— Idiot.

Lexi passa la semaine sur un petit nuage, grâce à Marcus. Il était tellement mieux que les hommes avec lesquels elle avait l'habitude de sortir. Il ne se vantait pas continuellement et il n'essayait rien avec elle. C'était comme s'il voulait simplement passer du temps avec elle. Le lundi, après leur déjeuner chez sa mère, il lui avait payé un café à Something's Brewing en ville, et ils avaient parlé et parlé. Il lui avait raconté comment c'était de grandir avec les Campbell, les histoires folles de Wall Street et comme il aimait être propriétaire de son bar. Elle lui avait tout dit sur son ancien travail et sur les idées qu'elle avait de dépasser l'organisation d'événements pour passer à la préparation de fêtes pour les professionnels aux emplois du temps chargés. Le mardi, ils partagèrent un déjeuner à emporter chez elle, en discutant de son business plan. Et aujourd'hui, mercredi, il l'emmenait à déjeuner avant de devoir repartir travailler en ville, où il demeurait le reste de la semaine. Il ne vivait qu'à mi-temps à Clover Park. Elle allait le voir au Burrow le lendemain soir pour sa fête.

Elle vérifia son apparence dans le miroir en pied de sa chambre. Marcus lui avait dit de bien s'habiller pour le restaurant, alors elle mit son chemisier blanc avec une jupe droite de couleur prune, des collants noirs, et des bottes noires à talons hauts. Elle avait laissé les cheveux détachés et appliqué un maquillage léger. Elle était très nerveuse. Aujourd'hui, cela ressemblait à un rendez-vous galant, puisqu'ils sortaient dans un endroit chic pour le déjeuner.

La sonnette retentit et son cœur bondit. *Du calme.* Elle marcha vers la porte, inspira profondément et ouvrit.

Marcus lui fit un sourire en lui tendant un bouquet de roses rouges.

— C'est pour toi, dit-il affectueusement.

Elle eut le souffle coupé. Pas seulement parce qu'il était beau à couper le souffle quand il souriait, mais parce que toutes ses attentions tendres et romantiques lui donnaient presque le tournis. Il était vraiment magnifique : ses cheveux bruns étaient coiffés en arrière, ses pommettes étaient biseautées, sa mâchoire carrée était rasée de près. Son grand corps musclé remplissait une chemise blanche, ses manches étaient enroulés jusqu'à ses coudes et il portait un pantalon gris qui devait avoir été taillé sur mesure.

— Merci, dit-elle en serrant le bouquet contre elle. Elle regarda les roses, admirant les pétales qui commençaient juste à s'ouvrir.

Marcus s'éclaircit la gorge.

— Alors, tu vas les mettre dans un vase ou les prendre avec toi ?

Elle leva brusquement la tête. Combien de temps était-elle restée à admirer les roses ?

Elle rit.

— Je vais les mettre dans l'eau. Un instant.

Elle rentra et il la suivit.

— J'espère que tu aimes manger italien.

— J'adore ça.

— Super.

Elle sortit un vase d'un placard, le remplit à moitié et y disposa les roses. Puis elle posa le tout sur la table basse afin de les voir dès son retour. Elle s'avança vers lui et il lui sourit affectueusement.

— Tu es très jolie, dit-il en lui offrant son bras.

Elle prit son bras, les genoux tremblants. Elle ne savait pas que cela se faisait vraiment ailleurs que dans les films.

— Merci. Tu es très joli aussi. Je veux dire, pour un homme.

Elle secoua la tête avant de se reprendre :

— Beau.

Il la guida hors de l'appartement.

— Alors, quelles sont tes vues sur le partage du dessert ? Il y a des gens qui ne veulent surtout pas partager. Ce resto a le meilleur tiramisu, juste après ce qu'on peut manger à Venise.

— Je veux bien partager. Tu as été à Venise ? J'ai toujours eu envie d'y aller.

— J'ai visité beaucoup d'endroits. J'aime changer de destination pour les vacances.

Ils roulèrent jusqu'à la ville fortunée de Greenport pour le déjeuner, Marcus lui relatant ses merveilleux voyages dans le monde... plein de pays d'Europe, mais aussi le Pérou, le Costa Rica, une île de la côte africaine, le Japon et l'Australie. Il aimait faire de la plongée quand il le pouvait. C'était si facile de discuter avec lui qu'elle se détendit complètement.

Il se gara, contourna la voiture jusqu'à son côté et lui ouvrit la portière. Puis il prit son bras au creux du sien pour marcher jusqu'au restaurant. Il lui donnait l'impression d'être importante, comme si elle lui plaisait énormément. Elle avait l'habitude que les hommes restent nonchalants, avec des jeux et tout ça. Pas Marcus.

— Est-ce effrayant de faire de la plongée ? demanda-t-elle. J'aurais peur de manquer d'oxygène.

— Non, c'est super, tu aimerais beaucoup. J'ai passé mon diplôme avant de partir en Australie afin de pouvoir explorer la grande barrière de corail. Le corail était incroyable, il y avait des poissons tropicaux de toutes les formes et de toutes les couleurs. Nous avons même exploré une épave.

— J'ai fait de la plongée avec masque et tuba à Saint-Thomas, mais je n'ai jamais essayé la plongée sous-marine. J'ai entendu dire que c'était super à Hawaï.

— Oh oui, les deux types de plongée sont fantastiques à Hawaï. Je suis un peu plus libre au travail en août. On devrait aller y faire un tour.

Elle se mordit la lèvre. L'invitait-il en vacances ? Cela supposait d'être ensemble dans le futur et elle se sentit réchauffée de partout, tout en étant un peu nerveuse. Et s'ils prévoyaient un voyage et que leur relation tombait à l'eau ? Ce n'était que le mois de février.

Il la fixa en souriant et lui fit un clin d'œil.

— Pas de pression. Je me suis juste dit que ce serait sympa.

Elle regarda ses yeux sombres et elle plongea dans le territoire risqué des relations :

— Ça me plairait.

Il fit un grand sourire.

— Alors, c'est décidé.

Elle ne put s'arrêter de sourire. Et elle se moquait d'avoir l'air totalement idiote.

Ils arrivèrent au restaurant et Marcus lui ouvrit la porte en la faisant entrer. Il parla au maître d'hôtel et ils furent immédiatement conduits à une table dans une lumière tamisée répandue par des éclairages encastrés et des appliques rouges. Plusieurs grandes peintures de vignes italiennes décoraient les murs.

Le maître d'hôtel l'aida à s'asseoir. Marcus s'installa en face d'elle.

Elle posa la serviette sur ses genoux et chuchota :

— C'est tellement chic.

— Attends de goûter la nourriture. Le steak florentin est excellent.

Elle ouvrit le menu, regarda les photos et envisagea sérieusement de commander une salade. C'était vraiment ridiculement cher.

Quelques minutes plus tard, le serveur apporta les plats du jour et Marcus demanda un conseil en vin, vérifia auprès de Lexi si elle était d'accord, puis commanda une bouteille. Du merlot de Toscane. Aucun prix ne fut mentionné.

Elle se pencha sur la table pour chuchoter :

— Marcus, tu es très généreux, mais tu m'as déjà proposé un événement à organiser avec un budget conséquent, et j'ai peur que ce soit trop.

— Ceci est notre premier rendez-vous officiel et je veux que tu te sentes importante.

— C'est le cas, mais…

— C'est tout ce qui importe.

Il se rappuya contre le dossier de sa chaise.

— Profites-en, s'il te plaît. Tu es la première femme avec laquelle je passe du temps qui parvient à chasser l'indifférence que je ressentais depuis mon divorce. Ton plaisir est aussi le mien, ton bonheur me rend heureux, et même tes piques sont appréciables parce que je sens tout avec toi. Sais-tu comme c'est spécial ? Comme tu es unique ?

Elle déglutit malgré la boule dans sa gorge.

— Je vais vraiment essayer de ne pas te lancer de piques.

Il rit.

— Sois juste toi-même. J'aime qui tu es.

— Moi aussi, j'aime qui tu es, parvint-elle à dire.

Ils se sourirent comme deux idiots.

Le serveur arriva avec le vin et il en versa un peu pour Lexi afin qu'elle puisse le goûter. Elle écarquilla les yeux.

— Il est merveilleux !

C'était le meilleur vin qu'elle ait jamais goûté.

— Excellent, dit le serveur en lui remplissant un verre.

— Excellent, répéta Marcus en la regardant affectueusement.

Elle n'arrivait pas à détourner les yeux, ensorcelée. Il était romantique et magnifique. Sa seule imperfection physique était la légère bosse de son nez. Dès que le serveur partit, elle demanda à Marcus :

— Comment t'es-tu cassé le nez ? À la boxe ?

— Au flag football avec les Campbell. C'était un accident. Mad est tombée sur moi et elle m'a eu avec sa tête dure.

— Ooh, la petite Mad ?

Mad avait six ans de moins que lui, et elle était menue.

Il pinça les lèvres.

— En réalité, c'était à la boxe. Le type était beaucoup plus grand que moi, comme une sorte de géant.

Elle rit.

— Ah bon ?

— Vraiment !

Il fit des gestes pour lui montrer la taille et la carrure du type.

Elle secoua la tête en souriant.

Il but une gorgée de vin en la regardant fixement.

— Parle-moi un peu plus de toi. Ton endroit préféré, ta nourriture préférée, ton vin préféré, c'est très important de connaître le vin, parce que je possède un bar… dis-moi tout ce qui compte pour toi.

Elle le regarda, stupéfaite. Aucun homme ne lui avait jamais demandé ce qui était important pour elle.

Il attendit en la regardant.

Et parce qu'il semblait vraiment s'intéresser à elle, elle énuméra ses réponses :

— Mon endroit préféré est Manhattan. J'aime l'énergie, le monde et l'activité. Pour ma nourriture préférée, il y a égalité entre le poulet au marsala et les ro-jis que fait ma mère. C'est un peu comme un hamburger chinois, mais au lieu du bœuf, c'est du porc qui a cuit toute la nuit avec de la cardamome et des clous de girofle, et je ne sais pas trop quoi d'autre. Et puis les pains sont faits maison.

— Ta mère est chinoise ?

— Elle est à moitié chinoise, et aussi en partie irlandaise, italienne et portoricaine.

Elle leva une mèche de ses cheveux bruns très lisses.

— Mes cheveux viennent du côté chinois.

— Tes cheveux sont comme de la soie. J'adore.

Elle se sentit rougir. Il y avait eu une époque où elle voulait désespérément ressembler à ses amies qui avaient les cheveux ondulés ou bouclés, mais les siens avaient été peu coopératifs et finalement, les amies en question regrettaient de ne pas avoir des cheveux aussi raides que les siens.

— Merci. Les gens sont toujours curieux de connaître mes origines, surtout à cause de mes cheveux, ma peau mate et la forme de mes yeux.

— Cela t'ennuie ?

— Oui, à vrai dire. C'est comme s'ils essayaient de me cataloguer. Certaines personnes sont vraiment impolies. Ils disent « tu viens d'où ? ». D'autres essaient de deviner.

Elle inclina la tête en imitant ces personnes.

— Latino ? Asiatique ? Métis ?

Marcus grimaça.

— Tellement pas poli. Et que dis-tu alors ?

— Je leur réponds que je suis un clébard américain parce que ça ne les regarde pas du tout.

Il ricana.

— Je savais que tu aurais une bonne réplique. Tout le monde est mélangé ici. Moi aussi, je suis un clébard.

Elle sourit. Il aboya soudain, la faisant sursauter. Elle éclata de rire. Certaines personnes assises aux tables alentour les regardèrent et elle essaya de se calmer, mais il commença alors à grogner en aboyant et elle craqua.

Finalement, une fois calmée, elle s'essuya les yeux et elle but une gorgée de vin.

— C'est le meilleur que j'aie pu goûter. C'est mon nouveau vin préféré.

— Alors j'en achèterai pour mon bar.

Elle secoua la tête.

— Tu es presque trop bien pour être vrai.

— Et dire que tu ne m'aimais pas quand nous nous sommes rencontrés, au début.

— Je t'aimais bien.

Il agita un doigt devant elle.

— J'ai souvent vu le mauvais œil que tu me jetais.

Elle retint un sourire.

— Tu as vu ça, hein ?

Elle leva les mains en précisant :

— Je pensais simplement que tu étais un homme à femmes.

Il ricana.

— Je pensais que tu détestais les hommes, alors je suppose que nous sommes quittes.

Il lui fit signe de s'approcher et elle se pencha vers lui.

— En vrai ? J'ai toujours pensé que tu étais canon.

Elle sourit.

— Moi aussi, je te trouvais mignon.

Il fronça le nez de dégoût.

— Mignon ? Tu ne peux pas réduire ce beau mec viril à quelque chose de mignon !

— Agréable ?

— Non.

— Merveilleux.

Il lui fit signe de continuer.

— Tu t'en approches.

— Adoré.

Il parla alors d'une voix rauque :

— D'accord, tu peux m'appeler ton adoré, mon ange.

Elle fondit en une flaque de gelée mièvre.

Et elle ne s'en remit jamais vraiment. Le repas fut délicieux, Marcus avait un flot de questions ininterrompues, souhaitant apprendre à la connaître, et il lui révéla également des choses sur lui. C'était comme s'ils étaient amis depuis longtemps. En dehors des regards de braise qu'il lui jetait de temps en temps.

Lorsqu'il la déposa chez elle, elle était impatiente de l'avoir pour elle seule. Elle s'arrêta devant sa porte et se tourna vers lui.

— Tu veux entrer ?

En moi, de préférence.

Il posa la main sur la porte au-dessus de sa tête, et elle rougit, son odeur musquée et sexy la rendant folle. Il pencha la tête, s'approcha d'elle, et elle sentit son pouls accélérer. Elle ferma les yeux, vibrant presque d'anticipation.

Il posa les lèvres sur sa joue pour un baiser chaste.

Elle rouvrit les yeux.

Il se redressa, et d'une voix rocailleuse lui dit :

— À demain, mon ange.

Puis il tourna les talons et partit.

Elle se laissa tomber contre la porte.

— Au revoir, mon adoré, chuchota-t-elle.

Elle n'avait encore jamais prononcé de tels mots doux de sa vie, et elle aurait été gênée si ses amies l'avaient entendu, mais cela la réchauffa et elle se sentit tout émoustillée de les dire. Elle arrivait à peine à croire que quelque chose de romantique lui arrive vraiment. C'était incroyable. Il était incroyable.

Elle soupira, perdue dans le merveilleux de tout cela. Elle comprit enfin ce qui était arrivé à toutes ses amies mièvres, car elle était maintenant infectée également. Il lui avait suffi d'un homme merveilleux.

Mince alors, elle était amoureuse !

Elle était aussi morte de peur. Sa confiance dans les hommes était si faible qu'il était difficile de ne pas penser au pire avec eux. Elle avait grandi avec un père menteur et infidèle, puis elle avait vu son frère répéter le même cycle, puis elle l'avait vécu elle-même avec son ex – alors qu'elle aurait *dû* le savoir, elle aurait dû voir les signes – tout cela lui donnait envie de se détourner de Marcus.

Elle entra dans son appartement et s'arrêta net en apercevant les magnifiques roses. Le souvenir de ce geste romantique la ramollit et l'attendrit. Elle ne pouvait pas s'éloigner sans savoir ce qui aurait pu arriver entre eux. Son intuition lui indiquait qu'il valait la peine de prendre le risque.

Il était temps de tenter sa chance en amour.

9

Lexi partit au Burrow avec Hailey le lendemain, toutes leurs autres amies étant en couple et s'y rendant avec leurs hommes. Hailey était au volant de sa chère mini Cooper décapotable orange. Elle avait même une petite pâquerette en plastique dans le porte-gobelet. Rose était endormie en boule dans son siège baquet couvert de fausse laine de mouton, à l'arrière.

Lexi était si enthousiaste à l'idée de revoir Marcus après leur fabuleux rendez-vous galant de la veille que c'en était ridicule. Il lui avait envoyé un message plus tôt dans la journée disant qu'il lui tardait de la voir. Elle n'en pouvait plus ! Elle mourrait d'envie d'avoir plus que le baiser chaste sur sa joue. Elle s'était habillée pour le tenter : elle portait une robe noire moulante à manches longues qui s'arrêtait à mi-cuisse et des chaussures noires. Peu importe ce qu'il portait, car elle était toujours incroyablement sexy. L'alchimie ferait le reste. En parlant d'alchimie bouillante…

— Comment ça se passe entre ta mère et Joe ? demanda Lexi à Hailey. Aiment-ils vivre ensemble ?

— Je suppose, dit Hailey d'un ton monotone. Elle dit qu'elle est amoureuse de lui.

En temps normal, Hailey était surexcitée quand il s'agissait d'amour. Elle se considérait comme une accro à l'amour –

c'était sur sa carte officielle d'organisatrice de mariages – et elle vivait pour la romance, que ce soit dans les livres, les films, ou la vraie vie.

— Ça ne te plaît pas ? Joe a l'air super.

— Ce n'est pas Joe, le problème.

Hailey jeta sa longue chevelure par-dessus son épaule et appuya sur l'accélérateur pour passer un feu orange. Elle était en ville maintenant, à seulement quelques pâtés de maisons du Burrow.

— Elle tombe facilement amoureuse. Ça ne durera pas. Seulement, je ne veux pas que Joe en souffre. Sa femme l'a déjà abandonné avec six enfants ! Il n'a rien vécu de sérieux depuis. Mad est tout excitée à l'idée que nous puissions devenir sœurs s'ils se marient, mais quand ma mère fera faux bond, ce qu'elle fait toujours, Mad ne sera plus aussi contente de me voir, par association.

— C'est ta meilleure amie. Je suis certaine qu'elle ne t'en voudra pas pour ça.

— Ça laissera une très mauvaise impression. Chaque fois que quelqu'un dans la famille Campbell me regardera, ils verront ma mère et la souffrance qu'elle a infligée à leur père.

— Pourquoi te soucies-tu autant de ce que les Campbell pensent de toi ?

Lexi était certaine que c'était l'opinion de Josh qui importait le plus à Hailey.

Hailey soupira.

— C'est juste que c'est ce que j'ai de plus proche d'une famille stable. Je veux dire, Mad me donne l'impression de faire partie de la famille, tout comme Joe, et je ne veux pas perdre ça.

Ils étaient une famille très sympa et elle comprenait pourquoi Hailey s'inquiétait d'être comparée à sa mère étant donné qu'elles se ressemblaient beaucoup.

— Eh bien, je suppose que c'est encore le début, n'est-ce pas ?

Hailey klaxonna contre un taxi qui lui avait coupé la route.

— Ça fait presque sept semaines. Demande-moi comment je le sais.

— Elle t'en parle un peu trop ?

— Beaucoup, *beaucoup* trop. Apparemment, Joe est un animal au lit. Dominant, tu vois ? On ne peut pas s'attendre à autre chose de la part d'un flic. Elle aime les menottes. Ai-je *besoin* d'entendre ça de la part de ma mère ?

Sa voix résonna fortement dans la petite voiture.

Lexi grimaça.

— J'ai l'impression que tu ne t'entends pas très bien avec ta mère.

Hailey soupira.

— Je fais de mon mieux, tu n'imagines pas, mais c'est comme si elle avait toujours été plutôt une colocataire qu'une mère pour moi. Elle ne voulait pas avoir la responsabilité d'un enfant, mais elle était coincée avec moi. Mon père est mort quand j'avais trois ans et il n'était pas souvent là de toute façon, d'après ce qu'elle dit. Je veux dire, je sais qu'elle m'aime, mais…

Elle inspira profondément avant de continuer.

— Elle n'était pas très fiable dans mon enfance, ne se rendait pas au travail, se faisait virer souvent. C'était effrayant pour moi. Nous nous sommes retrouvées sans domicile deux fois parce qu'elle n'avait pas payé le loyer et que nous avons été expulsées. J'ai commencé à faire le tour des concours de beauté à l'adolescence, essayant de gagner de l'argent pour mes études afin de pouvoir me créer ma propre vie stable. Au moins, avec les concours de beauté, elle a arrêté de me faire faux bond. Elle était ravie que je les fasse, car elle pensait que je suivais son exemple. Les concours l'avaient conduite à sa carrière de mannequin. Quoi qu'il en soit, elle a commencé à travailler au magasin où nous nous sommes rendues pour les vêtements du mariage de Mad. C'était juste pour bénéficier de la remise du personnel afin de pouvoir m'acheter de belles robes.

— On dirait donc qu'elle est stable depuis un moment, n'est-ce pas ? Il suffisait peut-être qu'elle grandisse.

— Peut-être. J'aurais aimé qu'elle soit adulte quand j'avais vraiment besoin d'elle, tu vois ?

— Ah, les parents… nous perturberons sans doute nos enfants d'une autre façon.

— Pas moi.

Hailey frappa le volant pour insister sur ses mots.

— Je vais lire tous les livres sur l'éducation parentale qu'il y a sur le marché et je les suivrai à la lettre.

— Euh… eh bien, je suppose que ce n'est pas mal de se renseigner, mais… ne dois-tu pas attendre de voir comment sont tes enfants ?

Hailey leva le menton.

— J'en ferai des citoyens modèles.

— Ah…

Pauvres gosses.

Hailey étira le cou en regardant autour d'elle.

— Commence à chercher une place de parking. Alors, comment ça se passe entre Marcus et toi ?

Lexi avait dit à ses amies qu'ils étaient maintenant ensemble.

Elle sourit, partageant la merveilleuse nouvelle qu'elle n'avait pas osé dire à haute voix.

— Il m'adore.

— Oh ! C'est trop mignon ! Je suis heureuse pour toi. Tu sais, je n'étais pas trop sûre de lui au début parce qu'il flirte avec tout le monde, et bien sûr, nous connaissons toutes sa réputation, mais bon ! Tant mieux pour toi. Le fait qu'il flirte ne doit pas te gêner ?

Elle déglutit, son bonheur s'estompant un peu.

— Il est juste gentil.

Une alarme se déclencha dans sa tête. C'était exactement comme sa mère qui cherchait des excuses au comportement lubrique de son père. Non, Marcus n'était pas ainsi, c'était un type bien.

— Il a dit croire en la monogamie maintenant.

— Ah oui ? Qu'est-ce qui a changé ?

Lexi se raidit. Qu'est-ce qui avait changé ? Comment avait-il expliqué cela, déjà ?

— Je suppose que c'est juste d'avoir vu autant de couples heureux. C'est un type bien. Il a été perturbé pendant un moment à cause de son ex-femme, mais il a changé maintenant.

— Oh, je ne savais pas qu'il avait été marié. D'accord, eh bien, si ça te convient, pas d'inquiétude.

Lexi serra les dents. Il était évident que Hailey désapprouvait Marcus.

— Josh flirte avec beaucoup de femmes qui entrent dans le bar.

— Josh n'est pas mon petit ami.

Hailey mit le clignotant, se rangea le long du trottoir et attendit que la voiture qui partait libère la place de parking. Elle se tourna vers Lexi.

— Je veille sur toi, c'est tout. Une chose que j'ai apprise en tant qu'organisatrice de mariages et accro à l'amour, c'est que les relations qui fonctionnent sont celles où les couples n'essaient pas de se changer l'un l'autre. Ils s'aiment et ils acceptent l'autre comme il est.

— Tu prends des notes ?

— À vrai dire, oui.

Elle jeta un coup d'œil à la voiture qui s'éloignait lentement devant elle.

— J'ai des tonnes de notes sur toutes les relations réussies dont j'ai été témoin, particulièrement depuis que j'ai commencé le Club de Lecture Happy End.

Elle appuya sur l'accélérateur et elle gara facilement sa petite voiture dans l'espace vide.

— Tout a commencé comme un groupe pour célibataires, et comme aucun homme ne l'a jamais rejoint, ma mission personnelle est devenue de voir chacune d'entre vous casée et heureuse avec l'homme de vos rêves. Tu étais la dernière célibataire là-dedans, et maintenant que tu as Marcus, mon travail ici est terminé.

Hailey coupa le moteur et elles sortirent toutes les deux. Lexi attendit que Hailey accroche la laisse de Rose et lui fasse faire une pause pipi. Elle avait compris que la recherche de l'âme sœur avait été l'objectif de leur club de lecture depuis le début. Maintenant, Hailey était la seule célibataire qui restait dans le Club de Lecture Happy End.

— Que se passe-t-il avec Josh ? demanda Lexi. Que s'est-il passé le soir où tu es allée chercher l'argent chez lui ? Tu es restée muette à ce sujet.

Hailey fit mine de s'affairer en disposant Rose dans son sac pour chien rose qui s'accordait à son long manteau en laine blanc, son écharpe rose et ses bottes blanches à talons hauts. Elle était certainement tirée à quatre épingles sous son manteau. Elle se mit à marcher rapidement.

— Hailey ? insista Lexi en restant à sa hauteur.

— Je n'ai rien à dire sur Josh.

Hailey regarda droit devant elle, le menton levé.

— À partir de maintenant, je vais appliquer toutes les techniques les plus efficaces à ma propre vie et je vais me mettre sérieusement à chercher mon happy end. Je rencontrerai peut-être quelqu'un ce soir.

Lexi observa Hailey. Josh ne venait pas ce soir, car il travaillait, mais Lexi et ses amies avaient toujours pensé que Josh était le choix évident pour Hailey. Leur alchimie sexuelle était palpable. Et peu importe qu'ils se disputent tout le temps. Dès l'instant où ils allaient coucher ensemble, la tension serait neutralisée et ils s'entendraient très bien. Cependant... ils étaient très différents. Hailey était ambitieuse et motivée, toujours bien habillée et maquillée comme si elle était sur le point d'être photographiée pour un magazine de mode. Josh, d'un autre côté, était détendu, serein, et vêtu comme s'il attrapait ce qu'il trouvait en sortant du lit, essentiellement des chemises en flanelle, des tee-shirts et des jeans usés. Hmm... l'alchimie sexuelle ne faisait peut-être pas tout. De plus, quelque chose s'était passé chez Josh qui semblait avoir causé une fracture permanente entre eux.

Hailey continuait à parler, détaillant comment elle allait faire une recherche sérieuse de l'âme sœur dès qu'elle trouverait le temps dans son emploi du temps chargé, mais Lexi ne pensait qu'à Marcus. Elle ne se souvenait pas s'être déjà sentie ainsi, nerveuse et excitée, avec des papillons dans le ventre à l'idée de le revoir.

Hailey et elle entrèrent dans le bar et elles aperçurent leurs amis dans un groupe près du fond. Tout le monde n'était pas là. Mad avait un gros devoir à rendre – elle terminait son dernier semestre d'université – et les parents de leur groupe étaient restés chez eux, mais tous les autres étaient venus. Elle fut particulièrement heureuse de voir son amie Missy, anciennement célibataire par solidarité, revenue d'une escapade romantique avec son fiancé, Ben.

— Missy !

Elle courut vers elle et la serra dans ses bras.

— Regarde-moi ce bronzage !

Elle montra son visage. Son amie autrefois pâle rayonnait. Ses cheveux bruns avaient même des reflets auburn à cause du soleil, sa chevelure rousse naturelle réapparaissait sûrement dessous.

— Comment était-ce à Aruba ?

— Merveilleux ! s'extasia Missy, ce qui était révélateur, car Missy était très discrète.

— As-tu porté le bikini ? demanda Lexi.

Cela avait été un cadeau de Ben. Ce n'était plus ou moins qu'une cordelette.

— Une fois, dit Missy en échangeant un regard sexy secret avec Ben.

Il sourit en montrant ses fossettes adorables.

Lexi leva la main.

— N'en dis pas plus.

Missy éclata de rire.

— C'était fabuleux, vraiment, vraiment spécial.

Ben posa un bras autour des épaules de Missy et la serra contre lui.

Lexi chercha Marcus des yeux et elle le trouva à sa gauche, juste devant la porte réservée aux employés. Il parlait à Ellie qui lui souriait, avec son tee-shirt court et son jean moulant. D'accord, elle avait de gros seins et une taille fine que les hommes adoraient, ainsi que la combinaison remarquable de cheveux bruns avec des yeux bleus, mais ça ne voulait pas dire que Marcus avait des intentions la concernant. Ellie était son employée et ils ne faisaient que parler. Bon sang, elle était vraiment tendue maintenant. Hailey l'avait perturbée avec ses histoires de flirt. Elle était particulièrement sensible à cela à cause de ses expériences passées avec les hommes. *Arrête ça.* Celui-ci valait la peine de prendre le risque. Elle poussa un soupir en se forçant à se calmer.

Elle leva la main et l'appela par son nom. Pas de réponse. Il était si engagé dans la conversation avec Ellie qu'il ne la remarqua même pas.

— Marcus ! appela-t-elle en marchant vers lui.

Il ne la vit toujours pas.

Détends-toi.

Elle s'approcha, se plaçant si près de Marcus qu'elle sentit sa chaleur corporelle. Et il ne la remarquait toujours pas ! Il était complètement absorbé par une conversation à voix basse avec Ellie.

— Salut ! dit-elle joyeusement. Je suis là.

La tête de Marcus se tourna brusquement vers elle, puis il fit un sourire dévastateur qui accéléra son pouls et réchauffa son corps. Il murmura quelque chose à Ellie et il porta enfin son attention sur elle.

— Je t'attendais.

Il se pencha et il posa un baiser sur sa joue.

— Comment ça va ?

— Très bien.

Pas jalouse. Non, pas moi.

Il la regarda affectueusement.

— Merveilleux.

Ellie fit un sourire pincé à Lexi.

— J'ai quelques soucis avec un ex. Marcus a dû me raccompagner chez moi hier soir et vérifier l'appartement pour m'assurer que j'étais en sécurité.

Elle se tourna vers Marcus.

— Tu viendras ce soir aussi, n'est-ce pas ? Après la fête ?

— Bien sûr, mon ange, dit Marcus d'une voix apaisante. Je ne veux pas que tu t'inquiètes. Demain je fais venir le type des alarmes de sécurité pour toi.

Mon ange. Soudain, le fait que Marcus l'ait appelée son ange ne lui semblait plus aussi spécial. Elle avait presque oublié qu'il le disait à toutes les femmes.

Ellie leva la tête vers lui en écarquillant les yeux, jouant la jeune fille faible devant cet homme fort.

— Tu sais que j'apprécie, mais ce n'est pas pareil que de lui faire savoir qu'un homme musclé comme toi monte la garde.

Il éclata de rire.

— Je veux savoir que tu es en sécurité quand je ne suis pas là.

L'estomac de Lexi se noua, leur conversation l'excluant encore une fois.

— Je te vois plus tard, dit Marcus à Ellie.

Ellie les salua d'un petit geste de la main et sortit par la porte réservée aux employés.

Il ne fait que l'aider. C'est un bon patron.

Marcus lui prit la main et la dévisagea d'un air approbateur.

— Tu es magnifique. J'adore cette robe.

Elle se détendit. C'était le Marcus qu'elle aimait : affectueux, tendre, gentil.

— Merci.

Marcus la guida vers leurs amis.

— Je vais dire à tout le monde de passer à l'étage pour la fête privée. Ellie va gérer le rez-de-chaussée.

Quelques minutes plus tard, ils passèrent tous la porte réservée et montèrent à l'étage, Lexi et Marcus à l'avant.

Elle avait déjà été dans la salle privée une fois, avec ses amies pour une soirée de célibataires organisée par Hailey. C'était un endroit à la lumière tamisée, chaleureux et confortable, avec de longs rideaux rouge sombre cachant les deux grandes fenêtres. Des tables rondes en bois foncé étaient disséminées dans la pièce, et ils y avaient joué au poker. Un bar et un billard se trouvaient au fond.

Marcus passa derrière le bar, endossant immédiatement son rôle de barman. Elle entendit soudain de la musique dans les haut-parleurs situés dans les coins de la salle. De la musique douce et lente pour danser. Il l'appela :

— C'est notre chanson !

Elle rit en secouant la tête. Il insistait pour dire qu'elle lui devait une danse parce qu'elle n'avait pas dansé avec lui au bal de la Saint-Valentin. Elle s'approcha du bar et elle s'assit à un bout.

— Je suppose que toutes les chansons sont notre chanson ?

Il lui fit son demi-sourire sexy, les yeux sombres rivés sur les siens.

— Tout ce qui passera pendant notre danse très attendue deviendra automatiquement notre chanson.

— J'espère que ce sera une bonne chanson, alors, dit-elle d'un ton plein de sous-entendus.

— J'en suis sûr, répondit-il avec un clin d'œil.

— Euh, dois-je me servir pour avoir une bière ? demanda quelqu'un d'une voix forte.

Lexi sursauta, soudain consciente de Ben à côté d'elle, et du bar le long duquel ses amis observaient Marcus et elle avec curiosité. Elle se sentit rougir et se tourna vers Marcus.

— Tu ferais mieux de te remettre au service.

— Un merlot ? demanda-t-il en ne regardant qu'elle.

— Il y a du favoritisme, grommela Ben.

Elle retint un sourire en sentant son cœur battre plus vite.

— S'il te plaît.

— Il arrive.

Marcus ouvrit une bouteille de merlot, les muscles de ses avant-bras se gonflant de façon sensuelle.

— C'est le merlot de Toscane que tu as tellement aimé hier, au déjeuner.

— Marcus ! s'exclama-t-elle. Sérieusement ? Comment as-tu pu l'avoir en stock aussi vite ?

Il sourit.

— J'ai parcouru tout Manhattan et je l'ai trouvé dans un restaurant de l'Upper East Side. Je l'ai acheté plus tôt dans la journée.

Elle rayonna.

— Tu es incroyable. Merci.

Il sourit à son tour.

— Non, c'est *toi* qui es incroyable. Merci.

Ben poussa un grognement.

— Hé, dit Marcus à Ben. Nous avons tous supporté tes yeux de merlan frit avec Missy.

Missy éclata de rire de l'autre côté de Ben.

— Tu es amoureux, Marcus ? demanda Ben d'une voix taquine.

Lexi s'immobilisa, souhaitant à la fois entendre la réponse de Marcus et craignant que cela le fasse rire, auquel cas toutes les émotions romantiques qu'elle ressentait étaient ridicules.

Marcus la regarda longuement dans les yeux et elle retint sa respiration.

— C'est vrai que je l'adore.

Tout l'air s'échappa des poumons de Lexi, et elle se sentit vivante et électrifiée. Un homme qui admettait ses sentiments devant ses amis ? Extraordinaire.

Les amies de Lexi s'exclamèrent en même temps :

— Ooh !

Les hommes gloussèrent.

Ben maugréa :

— Toutes ces mièvreries vont me donner des caries.

Marcus ricana et se tourna vers ses amies.

— Que puis-je vous offrir, mesdames ?

— Je vais prendre une bière, merci, dit Ben en contournant le bar et en attrapant une bouteille.

Lexi dégusta son vin délicieux pendant que Marcus servait toutes ses amies avec un sourire chaleureux et beaucoup de « mon ange » et de « chérie ». Il était charmant, comme toujours, ce qui plaisait à ses amies, mais elle ne s'inquiétait pas. Il y avait quelque chose de bien entre Marcus et elle.

Le groupe finit par se séparer, certains allant jouer au billard, d'autres commençant une partie de poker, mais Marcus avait une autre idée en tête. Il contourna le bar et lui tendit la main.

— Danse avec moi.

Elle lui prit la main et il la guida vers un coin de la salle, à l'écart du bruit du billard et du jeu de poker. Ils entendaient bien la musique, grâce à un haut-parleur au-dessus de leur tête. Il la guida dans une valse lente, sa chaleur ensorcelant

Lexi, sa grande main posée délicatement au creux de son dos. La douceur inattendue de ce contact la surprit. Elle avait l'habitude de plus de brutalité de la part des hommes, particulièrement parce qu'elle aimait les grands hommes musclés, qui n'avaient pas toujours conscience de leur force. Mais Marcus en avait conscience. Il faisait attention avec elle, et elle se sentait valorisée.

Elle surprit le regard de Hailey au billard. Celle-ci fit une petite mimique enthousiaste et elle applaudit en silence, ce qui poussa tous les autres à les regarder en souriant et en se parlant doucement, sans doute au sujet de Marcus et elle qui dansaient seuls dans un coin.

— Nous devrions peut-être retourner à la fête, dit-elle à Marcus. Tout le monde nous regarde.

— Non. Tu ne vas pas trouver une excuse pour t'en sortir. J'ai droit à au moins une danse.

Il s'approcha de son oreille en lui parlant à voix basse.

— Écoute bien. C'est notre chanson.

Elle parvenait à peine à se concentrer sur la musique, car la proximité de Marcus l'étourdissait de désir après tous les rôles qu'il avait eus dans ses fantasmes érotiques cette semaine. Sa chaleur, son odeur musquée masculine, les muscles durs de son dos sous sa main, la douceur avec laquelle il la tenait en la guidant dans une valse gracieuse. Elle était submergée de sensations, les besoins de son corps passant au premier plan, oubliant même la fête.

— Combien de rendez-vous avons-nous eus maintenant ? demanda-t-elle.

Il se redressa et s'écarta un peu pour la regarder.

— Je pense que c'est le deuxième rendez-vous maintenant. Le premier était le déjeuner d'hier. Je pense que le match des Knicks chez toi ou le déjeuner avec ma mère ne comptent pas.

Elle retint un sourire.

— Il y a aussi quand nous avons parlé de mon business plan avec un repas à emporter. Tout compte. Nous avons déjà eu au moins trois rendez-vous, c'est certain.

Il avait dit qu'il en fallait trois avant qu'il couche avec elle. Elle avait ses priorités.

Il dansa avec elle pendant quelques instants avant de s'approcher de son oreille, parlant d'une voix rauque :

— Tu te souviens donc des trois rendez-vous. La question est maintenant, es-tu prête à m'adorer moi et seulement moi ?

Elle déglutit, n'ayant pas l'habitude d'exprimer ses sentiments à voix haute, particulièrement avec un homme. Cela la rendait vulnérable, ce qu'elle ne voulait jamais être. C'était comme une tortue exposant son ventre mou.

— Lexi ?

Ses yeux s'emplirent soudain de larmes. Oh, merde. Elle passa les bras autour de son cou et elle le serra contre elle, cachant son visage larmoyant et gênant contre son torse.

— Oh, Lex, ne pleure pas.

Elle leva la tête, fixant ses yeux sombres. Elle voulait dire tant de choses, mais elle n'arrivait pas à retrouver sa voix. *Oui, je t'adore. Je pense être amoureuse de toi. Oui, je veux que nous ayons une relation exclusive.*

Il lui fit un sourire plein de douceur.

— Une adoration mutuelle de façon exclusive, alors ?

Elle hocha la tête. Son instinct lui indiquait d'avoir confiance en cette relation, en lui.

— Excellent.

Il reprit leur valse.

— Sais-tu que tu es exactement ce que j'ai cherché ?

— Non, articula-t-elle difficilement.

Il s'arrêta et posa les mains de chaque côté de son visage.

— Tu es ce que je cherchais.

Elle sentit son menton trembler et elle paniqua à l'idée de pleurer avec laideur, son visage coincé dans ses grandes mains, mais il posa alors ses lèvres sur les siennes, et un désir brutal prit le relais. Oui ! C'était ce dont elle avait besoin : l'oubli sans réflexion. Presque prise de vertige par le désir qui affluait, elle sentit des papillons dans le ventre, et une douleur insistante entre les jambes la poussa à se coller contre lui. Elle passa les doigts dans ses cheveux, perdue dans le baiser. Il n'y avait plus que la chaleur et l'avidité, la réchauffant de plus en plus, l'excitant tout autant.

Quelqu'un siffla et Marcus rompit le baiser, sans jamais

quitter son regard des yeux. Elle ne se souciait plus du fait que ses amis les avaient vus s'embrasser.

— Allons chez toi, chuchota-t-elle. Je ne peux plus attendre.

Il fit courir son pouce sur sa lèvre inférieure.

— Retournons à la fête. On prend le temps, tu te souviens ?

— Quoi ?

Elle cligna des paupières, ne comprenant pas ses mots, son corps étant toujours en surrégime.

— Quoi !

Il laissa tomber les mains et la regarda avec sérieux.

— Je veux profiter de notre rendez-vous ici avec nos amis, puis je dois m'occuper un peu du travail, et je te raccompagnerai ensuite chez toi.

Il la raccompagnait chez elle ? Au revoir, Lexi ? Et le travail ? Il devait parler d'Ellie. Il se réservait du temps après la fête pour accompagner Ellie à son appartement, jouant au garde du corps. Elle supposa qu'il s'attendait à ce qu'elle le suive avant de le laisser jouer au même rôle pour elle, la ramenant en sécurité chez elle. Elle était le dernier élément de sa liste de choses à faire. À ne pas faire, plutôt. Quoi qu'il en soit, c'était assez nul.

Elle recula d'un pas. Elle avait simplement besoin d'un peu d'espace pour se calmer. Il n'allait rien se passer ce soir-là, et elle essayait de se réconcilier avec l'idée d'un autre baiser de bonne nuit chaste. Ce n'était pas facile, avec tout ce qu'elle ressentait physiquement et émotionnellement. Elle le désirait bien trop.

Il bougea en même temps qu'elle, une lueur sombre dans les yeux.

Elle recula lentement d'un pas de plus, s'efforçant de paraître naturelle.

Il la suivit, son pas lent l'imitant volontairement.

Elle leva les mains en l'air.

— Pourquoi ai-je l'impression que tu me pourchasses ?

Il éclata de rire.

— Parce que je t'ai séparée du troupeau. Tu es l'antilope

solitaire et moi – ses paroles brûlantes franchirent lentement ses lèvres – je suis un lion qui n'a pas chassé depuis très longtemps.

Son regard était clair : affamé, déterminé, s'approchant pour la mise à mort. Il voulait la dévorer. Lentement.

Elle retint sa respiration, le sang rugissant dans ses oreilles. Ses membres étaient lourds, son corps prêt à se soumettre, chaud et humide, désirant s'unir à lui.

Il se redressa brusquement, lui prenant la main et la posant au creux de son bras.

— Maintenant, retournons à la fête.

Il la reconduisit vers leurs amis, et elle le suivit sur des jambes tremblantes.

Il s'arrêta d'un seul coup après quelques pas, posa la main dans sa nuque et l'attira vers lui en chuchotant à son oreille :

— Pendant que nous apprenons à nous connaître, voici une chose que tu ne sais peut-être pas à mon sujet. Je peux te donner un orgasme du point G si incroyable que tu ne savais même pas que ça existait.

Elle lui serra le bras, sentant son corps pulser. La majorité des hommes parvenait à peine à trouver le point du plaisir évident, alors le déclencheur caché… Seul son vibromasseur pouvait le faire pour elle. Que Marcus puisse l'y conduire, qu'il lui offre un orgasme si incroyable qu'elle ne savait même pas que ça existait la rendait encore plus folle de désir.

Il recula et lui jeta un regard entendu sexy. Puis il ôta la main de Lexi de son bras.

— Allez viens, mon pote. Il est temps de te faire battre au billard.

Elle le regarda, muette de stupeur. Vraiment ? Il revenait à cette histoire de potes ? Maintenant ?

Il rit, lui prit la main et la traîna vers leurs amis.

Elle ne s'en remit jamais complètement, perdant au billard comme si elle n'avait encore jamais joué. Ce fut terriblement gênant. Il la tenait par le bout du nez et il jouait avec elle en étant tout amical sans jamais la toucher.

Deux heures plus tard, alors que la fête commençait à baisser en intensité, elle prit une décision. Elle allait continuer cette aventure jusqu'à la nudité. Elle allait faire en sorte que ça arrive ou mourir de frustration en essayant. Elle avertit Hailey qu'elle allait rester et elle dit au revoir à ses amis.

Finalement, tout le monde partit et il ne resta qu'eux deux. Marcus était derrière le bar, il rangeait.

Elle s'installa sur un tabouret de bar en face de lui.

— Je rentre à la maison avec toi.

Il leva un sourcil, mais il continua à travailler, rangeant les verres. Il n'allait pas assez vite à son goût. Elle fit le tour du bar et elle envahit son espace personnel. Il s'écarta en allant se laver les mains à l'évier.

Cela l'énerva pour des raisons qu'il devait très bien comprendre, puisqu'il l'avait allumée avec cette histoire de point G avant de s'écarter comme si elle n'était qu'une amie.

— Je suis sérieuse ! s'exclama-t-elle.

Il esquissa un sourire sexy en se rinçant les mains et en les séchant avec une serviette en papier. Il la regarda enfin dans les yeux.

— On dirait bien.

Elle se jeta sur lui, passant les bras autour de son cou et se levant sur la pointe des pieds pour l'embrasser. Ses lèvres restèrent hors d'atteinte. Il était si grand qu'elle avait besoin qu'il se baisse.

Il posa doucement les bras autour de sa taille. Son sourire était à la limite du sourire de satisfaction, mais elle était trop excitée pour s'en soucier.

— Je ne veux plus que nous prenions les choses avec lenteur, dit-elle avec ce qu'elle espérait être une voix normale et pas désespérée.

— Lexi, bébé, es-tu en train de me demander de te faire l'amour ?

— Oui !

Il inclina la tête en souriant. Et il ne l'embrassait toujours pas !

— C'est par ici.

— Embrasse-moi, ordonna-t-elle.

Il rit.

— Quel caractère !

Il la jeta par-dessus son épaule comme si elle ne pesait rien.

L'air s'échappa de ses poumons, le sang lui monta à la tête, l'humidité se fit sentir entre ses jambes, elle pulsait de désir. Sa robe ne laissa vraiment rien à l'imagination lorsqu'elle tomba autour de ses hanches.

— Espèce de bête ! cria-t-elle.

— Ma Belle, répondit-il en lui caressant les fesses. Tu brûles de désir pour moi, bébé.

Elle gémit doucement.

— Je vais bien m'occuper de toi, roucoula-t-il.

Et elle le crut vraiment, attendrie, lui ouvrant son cœur et son corps. Il marcha jusqu'à l'escalier, la reposa sur ses pieds et la surprit en la collant contre le mur. Son corps dur était entièrement appuyé contre elle. Il leva une main qu'il posa sous son menton et il lui jeta un regard brûlant.

Elle eut le souffle coupé et puis il l'embrassa. Agressivement. Entièrement. Possessivement. Le baiser dura longtemps… humide, bouche ouverte, avide. Elle voulait se mêler à lui.

Il s'écarta brusquement, lui prit la main et la guida en bas des marches.

Elle avait les jambes molles, les muscles internes serrés, elle désirait plus, beaucoup plus. Cette fois, c'était parti.

10

———

— Salut, patron, dit Ellie en saluant Marcus dès qu'ils apparurent au rez-de-chaussée.

Lexi serra les dents. *Quel tue-l'amour.* Son désir plongea dans des températures négatives.

Ellie étira les bras au-dessus de sa tête, soulevant sa poitrine et exposant son ventre.

— Je suis crevée, mais j'avais trop peur de rentrer à la maison sans toi. Mon ex était là, ce soir.

Que risquait-elle vraiment ? Elle vivait littéralement à côté. Marcus se frotta la nuque.

— Lexi, attends-moi quelques minutes. Je vais la raccompagner chez elle.

— Bien sûr.

Et moi je vais me raccompagner toute seule. Il l'avait excitée toute la soirée et puis il se détournait facilement d'elle pour s'occuper d'une autre femme. Elle ne voulait pas être ainsi, mais voilà. Elle était vexée.

Ellie fit un grand sourire à Marcus et se dirigea vers le fond du bar, Marcus la suivant de près.

Lexi n'attendit pas, elle prit la direction opposée, vers la porte d'entrée. Elle venait de poser la main sur la poignée de la porte lorsqu'elle fut soudain tirée en arrière par un bras fort autour de sa taille.

— Hé !

La voix de Marcus gronda à ses oreilles :

— Je pensais bien que tu risquais de t'enfuir. Allez viens, accompagne-moi jusque chez Ellie, puis nous irons chez moi.

Elle repoussa son bras, qui était un muscle d'acier la tenant en otage. Il la tourna vers elle et lui saisit les épaules.

— C'est toi que je veux, seulement toi.

Toute la tension quitta son corps. Il comprenait ses craintes au sujet des hommes auxquels on ne pouvait pas faire confiance et il prenait le temps de la rassurer. Elle parla à voix basse :

— Peux-tu demander à quelqu'un d'autre de la raccompagner chez elle ?

— Oui.

Une lueur déterminée dans ses yeux fut le seul avertissement qu'elle eut avant qu'il la soulève du sol par la taille et qu'il la dépose sur un tabouret de bar.

— Ne bouge pas, ordonna-t-il.

— Merci.

Il se passa une main dans les cheveux en parcourant le bar des yeux.

— Les femmes, murmura-t-il avant de disparaître par la porte réservée aux employés.

Ellie s'avança théâtralement vers le bar.

— Où va-t-il ?

Lexi haussa une épaule.

— Je crois qu'il a oublié quelque chose.

— C'est un si bon patron, dit Ellie en scrutant ses ongles rouges manucurés. Il s'occupe vraiment de moi, de tout le monde.

— Je suis ravie de l'entendre.

— Le Burrow est fabuleux, n'est-ce pas ?

Elle n'attendit pas de réponse.

— Je travaille ici depuis l'ouverture. Beaucoup de bars font faillite dès la première année, mais Marcus nous a très bien lancés. Et depuis, on a de gros pourboires et des primes.

— Il est intelligent. Je ne suis pas surprise de l'entendre.

Ellie soupira et sortit son téléphone.

Lexi sauta de son tabouret dès que Marcus apparut avec un type qui portait un filet à cheveux. Marcus s'approcha en refermant la main sur celle de Lexi tout en parlant à Ellie.

— Mike va te raccompagner. Ton alarme sera installée demain. Bonne nuit.

Il fit passer sa main au creux du dos de Lexi et il la guida vers la porte.

— Maintenant, où en étions-nous ?

Elle jeta un coup d'œil à Ellie par-dessus son épaule, la voyant marcher vers le fond du bar, suivie par Mike.

— Ellie ne tarit pas d'éloges à ton sujet.

Marcus lui ouvrit la porte et la suivit dehors.

— Je ne veux pas parler d'Ellie.

— De quoi veux-tu parler ?

— Pourquoi pas du bruit que tu fais quand tu jouis ?

— Marcus !

Elle regarda autour d'elle, dans la rue. Il n'y avait personne d'assez près pour les entendre.

Il gloussa.

— Tu pourrais peut-être simplement me le montrer.

Il arrêta de marcher, leva son menton et l'embrassa.

— Je t'adore, tu m'adores. Nous sommes dans une relation exclusive, alors maintenant nous pouvons profiter de ce que font les couples exclusifs.

Il scruta son visage.

— Ou alors, je peux te raccompagner chez toi.

— Tu es fou ? Tu m'as allumé toute la soirée. Sans ce tue-l'amour d'Ellie, je serais déjà dans ton lit.

Il fit un sourire sexy. Et puis ils s'embrassèrent, la température remontant d'un seul coup.

Il rompit leur baiser, lui attrapa la main et marcha si vite qu'elle devait presque courir pour rester à sa hauteur.

— Il y a le feu ? le taquina-t-elle.

— Oui, dans mon pantalon.

Lexi suivit Marcus jusqu'à son appartement qui occupait les

deux étages supérieurs d'une maison de ville. Elle avait les doigts entrelacés avec les siens, son pouls battait dans tout son corps. Il alluma les lampes du salon, révélant des meubles modernes de style scandinave. Un canapé en cuir brun clair sur un cadre en bois, une table basse en verre incurvée comme une virgule, et une méridienne en cuir brun étaient disposés sur un tapis aux formes géométriques et aux couleurs chaudes. Tout l'appartement était recouvert de parquet. Ce n'était pas l'appartement de célibataire auquel elle s'attendait.

Il se tourna vers elle.

— Veux-tu boire quelque chose ?

Elle secoua la tête.

— La chambre, monsieur. Assez perdu de temps.

Il gloussa.

— C'est par ici.

Elle le suivit à l'étage vers sa chambre qui contenait un lit bas king size sur une structure en bois gris, des tables basses assorties, et une commode. Il alluma la lampe, la réglant sur une lumière tamisée qui chauffait la pièce.

Elle tapota le duvet de couleur crème.

— C'est donc ici qu'a lieu la magie.

Il passa les bras autour d'elle.

— Ça fait longtemps qu'il n'y a pas eu de magie ici. J'attendais quelqu'un de spécial.

Il posa les deux mains autour de son visage.

— C'est toi que j'attendais.

Elle sentit ses yeux brûler et elle les referma en espérant qu'il ne l'ait pas remarqué. Il posa ses lèvres sur les siennes pour un baiser tendre. Elle passa les bras autour de son cou, appuyant son corps contre le sien, profitant de son goût, de son odeur, de ses formes dures et masculines.

Il déplaça sa bouche sur la sienne pendant que ses mains la caressaient, glissant dans son dos et sur ses épaules, le long de ses bras, jusqu'à ses fesses et puis au bord de la robe qu'il souleva. Il rompit le baiser, tira la robe par-dessus sa tête et l'aida à sortir les bras de ses longues manches.

Ses yeux sombres parcoururent son corps couvert d'un soutien-gorge noir push-up et d'un string assorti.

— Mon Dieu, ce que tu es belle.

Pendant ce bref instant, elle se sentit vraiment belle. Normalement, elle était complexée, car elle n'avait pas toutes les courbes que les hommes aimaient en général. Son ex avait dit qu'elle en avait moins d'une poignée, ce qui expliquait qu'elle possède autant de soutien-gorges push-up. Elle chassa son ex de ses pensées pendant que Marcus se léchait les lèvres en fixant sa poitrine modeste.

— Merci, dit-elle doucement.

Il grogna pour toute réponse et se déshabilla rapidement avec des doigts lestes et assurés. Elle observa avec avidité sa peau bronzée et son torse musclé apparaître sous sa chemise. Puis la chemise fut entièrement retirée et elle put contempler autant qu'elle le voulait l'homme le plus beau qu'elle ait jamais vu, depuis ses épaules larges à ses pectoraux et ses abdos musclés. Un trait sombre descendait de son ventre jusqu'à une bosse massive. Elle posa les mains sur sa ceinture, mais il les chassa.

Il la regarda dans les yeux.

— Il faut faire doucement pour retirer le pantalon quand j'ai une érection en acier comme maintenant.

Elle sourit, ravie d'entendre l'effet qu'elle avait sur lui. Il fit passer le pantalon par-dessus son érection, le baissa et l'enleva. Elle eut la bouche sèche.

— *Full Monty*, bébé, dit-elle en fixant la tente de son boxer noir d'un air appuyé.

— C'est une protection.

Il l'attrapa par la taille, la soulevant pour un baiser. Elle passa les bras et les jambes autour de lui et rendit passionnément le baiser. L'érection de Marcus causait une pression délicieuse à travers son string en soie qui la rendait folle.

Il la fit descendre jusqu'au lit, se positionna au-dessus d'elle en l'embrassant, ne lui donnant qu'une partie de son poids. Elle fit courir les mains sur toute sa peau chaude, profitant de sa chaleur et de sa taille. Il interrompit le baiser, s'agenouilla entre ses jambes et l'aida à s'asseoir. Il défit son soutien-gorge et le jeta sur le côté. Avant même qu'elle puisse s'inquiéter de la taille de ses seins, il avait posé les mains dessus, les caressant tout en déposant des baisers le long de sa mâchoire.

Elle gémit.

— Maintenant, Marcus.

Il chuchota à son oreille :

— Ça va être lent, bébé. Je veux te savourer.

Il tint alors sa promesse, la reposant sur le matelas, prenant son temps pour l'embrasser de l'oreille à la mâchoire à la gorge, s'arrêtant fréquemment et revenant à sa bouche pour des baisers profonds et enivrants, ses grandes mains la caressant continuellement.

— Marcus, gémit-elle encore et encore, en saisissant ses épaules, effleurant son dos musclé, cherchant à le faire accélérer… mais il était déterminé.

Lorsqu'il referma la bouche sur un sein, elle eut un sursaut des hanches. Il suça profondément son téton, sa main tripotant l'autre sein.

Oh mon Dieu. Elle était déjà au bord de la jouissance, ses muscles internes se serrant à chaque aspiration de la bouche de Marcus. *Maintenant.* Elle lui frappa l'épaule et il leva la tête, les lèvres humides, l'observant avec des yeux de braise.

— Pose les mains sous ta tête et ne bouge pas.

— Je te veux tellement, chuchota-t-elle.

— Et tu m'auras, grogna-t-il, mais d'abord j'ai le droit de te savourer. Les mains sous la tête.

Elle hésita malgré tout. Elle n'avait pas l'habitude de rester allongée sans rien faire, de laisser l'homme tout faire.

— Lexi, bébé, fais-le. Je te promets que ça en vaut la peine.

— Vas-tu me faire ressentir l'extase du point G comme je ne l'ai jamais imaginée ?

C'était le seul moyen pour qu'elle accepte. Sinon, elle préférait aller tout de suite jusqu'au bout.

Il répondit d'une voix rocailleuse :

— Je vais te donner ça.

Elle fut parcourue d'un frisson et elle posa les mains sous la tête, ce qui souleva ses seins. Il se lécha les lèvres, lui caressa les deux seins, ses pouces frottant les tétons durs. Elle gémit et agita fébrilement les hanches sous lui.

Il souleva un sein et fit des allers-retours rapides de la langue sur le téton dur. Elle ne put s'empêcher de gémir et lorsqu'il ferma enfin la bouche sur elle en aspirant profondément, elle faillit jouir sur l'instant. Il s'attarda longuement sur ses seins, caressant, suçant, tirant sur ses tétons, la faisant mouiller, la poussant à désirer ses attentions plus bas. Elle était prête à le supplier sans honte.

Elle poussa un soupir de soulagement quand il finit par déposer des baisers le long de son corps, ses mains glissant sur les hanches de Lexi et vers l'intérieur de ses jambes, caressant lentement vers le haut, jusqu'à ce qu'elle décolle les hanches du matelas, si excitée qu'elle devait s'offrir à lui. Il l'aplatit contre le matelas d'une grande main sur la hanche, puis il écarta ses jambes. Elle inspira brusquement.

Il la regarda dans les yeux en baissant lentement la bouche, puis il la lécha de bas en haut.

— Marcus ! cria-t-elle en saisissant sa tête, les doigts serrés dans ses cheveux.

Il la lécha encore, puis il la rendit folle en la caressant avec les doigts jusqu'à ce qu'elle se mette à trembler.

— Maintenant, ordonna-t-elle.

Il s'arrêta.

— Marcus ! cria-t-elle. Arrête de déconner et baise-moi !

Il eut un sourire satisfait avant de baisser la tête entre ses jambes, sa bouche prenant le relais de ses doigts, mais pas assez, pas du tout assez. Ce n'étaient que des baisers doux, des caresses paresseuses de la langue. Elle gigota sous lui, voulant désespérément plus. Il posa fermement la main sur sa hanche et l'immobilisa avec un sourire diabolique. Elle s'enflamma, chaque caresse de sa langue, chaque baiser avide suscitant une montée de plaisir électrisante. Il la mena au bord de l'orgasme tant de fois qu'elle perdit le pouvoir de la parole. Elle fut réduite à un long gémissement grave émis à travers le brouillard de sensations.

Il embrassa l'intérieur de sa jambe, la caressant paresseusement d'un doigt, faisant sursauter son corps devenu trop sensible.

— Prête ?

Elle leva la tête de l'oreiller pour lui jeter un regard incrédule.

— Oui !

— Allonge-toi et détends-toi, bébé.

Elle reposa la tête sur l'oreiller, désirant tellement ce qu'il pouvait lui donner qu'elle lui obéit immédiatement. Il baissa la tête entre ses jambes et suça doucement. Elle poussa de longs gémissements graves. Et puis il glissa les doigts en elle, les recourba et appuya.

— Ah !

Un plaisir vif la traversa lorsqu'il toucha parfaitement le point G.

— Oh mon Dieu, Marcus, Marcus, Marcus.

Sa tête sombre entre ses jambes, sa bouche qui l'ensorcelait, ses doigts qui massaient son point G encore et encore et encore… elle craqua. Le plaisir l'emporta loin de ses pensées jusqu'à un besoin sombre qui pulsait, qui se serrait comme on ressort, son corps se refermant autour de lui, trempé de désir.

Elle geignit de façon incohérente, tressaillit, et puis elle jouit violemment, ruant avec force contre lui. La sensation irradiait vers l'extérieur, comme une étoile rayonnant à travers tout son corps.

Il ne s'arrêta pas.

— Marcus, gémit-elle en repoussant son épaule. J'ai joui.

Il leva la tête, les lèvres humides, les doigts caressant toujours son point G. Les sensations la faisaient sursauter, ses hanches tressaillaient contre lui. Elle haletait, enflammée par son contact.

Ils se regardèrent dans les yeux et une entente passa entre eux.

Il me possède.

Elle tremblait de tout son corps pendant qu'il lui parlait d'un ton apaisant, continuant à travailler avec les doigts, la poussant encore plus loin :

— La deuxième fois sera plus puissante. C'est ce que je t'ai promis. Détends-toi.

Elle laissa échapper un soupir tremblant et elle obéit. Il lui fit son sourire diabolique avant de replonger, la bouche affamée, les doigts connaisseurs et confiants. Elle fut consumée par une brume sombre de plaisir.

Elle allait mourir. Son corps était en surrégime, elle transpirait, elle tremblait, elle était à sa merci. Son contact était électrique, tout au fond d'elle, son corps se cambrait sur le matelas, ce qui ne faisait que l'offrir à sa bouche, qui suçait, léchait, embrassait comme s'il ne pouvait jamais en avoir assez. Sa vue se troubla, la tête de Marcus n'était plus qu'une ombre entre ses jambes, la chambre était floue, ses oreilles tintaient.

Elle rejeta la tête en arrière pour un cri silencieux lorsque le plaisir l'écrasa sous la forme d'un orgasme monstrueux qui lui coupa le souffle, des ondes de choc interminables de plaisir passant sur elle avant qu'elle se laisse tomber, la chambre soudain plongée dans l'obscurité.

Elle ouvrit les paupières quand Marcus enleva ses cheveux en sueur de son visage.

Il sourit au-dessus d'elle.

— Tu t'es endormie.

Elle cligna lentement des paupières.

— Vraiment ?

— Je suppose que tu as aimé.

— Oh mon Dieu. J'ai cru que j'allais mourir.

— Je t'ai emmené au paradis.

Elle l'embrassa.

— C'est vrai. C'était incroyable.

— Es-tu prête pour le reste ? J'ai mis un préservatif.

— Mon Dieu !

— Non, ton Marcus.

Elle rit, puis elle s'arrêta de rire lorsqu'il se plaça entre ses jambes et qu'il se glissa en elle. Elle était toujours si excitée que chaque poussée lui causait des sensations merveilleuses.

Il entrelaça leurs doigts, enfonçant leurs mains jointes dans le matelas. Il la dévorait de ses yeux noirs.

— Tu es belle. Tu n'as pas idée comme tu es belle en ce moment.

Elle ferma les yeux, submergée par sa tendresse, encore une fois perdue dans le plaisir. Il accéléra, plus loin, plus dur, jusqu'à ce qu'elle s'agrippe à ses épaules, s'accrochant à lui pour une virée sauvage pendant que son corps puissant pompait en elle.

— Marcus !

Le corps de Lexi le serra en rythme avec son orgasme intense, soulevant ses hanches sous lui.

Il poussa un rugissement, jeta la tête en arrière, pompant encore et encore, lui apportant plus de plaisir, et elle prenait tout ce qu'il offrait avec avidité, entièrement unie à lui. Il s'immobilisa enfin, profondément enfoui en elle, le seul bruit étant leur respiration.

Il posa alors la main sous la mâchoire de Lexi et il l'embrassa tendrement.

Elle poussa un soupir satisfait, ébranlée au niveau du corps et de l'esprit. Il était magnifique.

Il roula sur le côté. Elle laissa tomber ses bras en s'abandonnant complètement, un bras sur le torse de Marcus, totalement et entièrement satisfaite. L'attente avait vraiment valu la peine.

11

———

Marcus était allongé sur le côté, admirant Lexi nue sur le matelas près de lui. Elle était trempée de sueur, les muscles relâchés, les bras écartés. Il adorait la voir ainsi ouverte et épuisée. C'était le moment où la plupart des femmes partaient, parfois seules, parfois il proposait de les raccompagner. Pas celle-ci, il ne voulait pas qu'elle s'en aille. C'était une chose qu'elle avoue l'adorer, une autre de faire durer cette adoration.

Elle était incroyable, forte et pourtant douce comme il fallait. Il l'avait poussée dans ses retranchements, souhaitant lui donner le plus grand des plaisirs. Toutes les femmes n'y arrivaient pas, il fallait se rendre, lui faire confiance comme l'avait fait Lexi. Si joliment et si complètement qu'elle s'était endormie. C'était une première. Ce qui lui plaisait le plus, c'était d'avoir la confiance de Lexi. Au moins au lit. C'était un début. Il savait qu'elle avait souffert à cause de son ex et que c'était assez dur pour qu'elle ne fréquente personne pendant des mois.

Il retira les cheveux humides de son visage.

Elle ouvrit lentement les yeux.

— Arrête de me regarder.

— Je ne peux pas m'en empêcher. Tu es belle. Reste pour la nuit. Je te ferai le petit-déjeuner demain matin.

Elle le fixa un moment, les yeux attendris avant de détourner le regard.

— Que fais-tu pour le petit-déjeuner ?

— Des pancakes à l'orgasme, ça te dit ?

Elle rit et se détendit à nouveau.

— Qui pourrait refuser des pancakes à l'orgasme ?

— Exactement.

Il éteignit la lampe et fit glisser la paume de sa main sur son ventre plat et la courbe douce de sa hanche. Elle resta complètement détendue, toute molle, comme s'il avait retiré toute la tension qu'elle avait en elle.

— Si belle, murmura-t-il.

— Tous les hommes pensent qu'une femme nue dans leur lit est belle.

— Je te le dirai encore quand tu seras habillée.

Il la tira sur lui et il disposa les couvertures afin de les couvrir tous les deux.

Elle leva la tête.

— Je ne peux pas dormir ainsi.

— Pourquoi pas ?

— Tu m'émoustilles trop. Je suis déjà en train de m'exciter.

Son cœur fut transpercé de joie pure. Il adorait sa franchise. Il la déplaça, la calant contre lui.

— Peux-tu dormir de cette façon ?

— Non.

Elle frotta son torse, ses doigts traçant doucement les contours de sa clavicule jusqu'à son épaule et le long de son bras.

— Tu sens trop bon le sexe et le mâle sexy.

— Ça fait beaucoup de sexe.

— Je sais. C'est ce qui m'a mise dans cet état.

Sa respiration ralentit lorsqu'elle commença à s'endormir.

— Que veux-tu vraiment me faire pour le petit-déjeuner ? murmura-t-elle

— Des céréales.

— J'aime les céréales.

— Et moi je...

Merde ! Il n'allait quand même pas dire « je t'aime », surtout pas le premier.

— Tu aimes les céréales aussi, termina-t-elle pour lui.

Il caressa ses cheveux soyeux.

— Oui. Bonne nuit, bébé.

Elle soupira, puis elle sembla dormir. Il resta allongé là, les yeux grands ouverts, pendant très longtemps. Avait-il enfin retrouvé l'amour ? Il ne le savait pas et ne pouvait qu'espérer être à la hauteur. Son amour suffirait peut-être, cette fois.

Elle était donc là en plein jour, assise dans la cuisine de Marcus pendant qu'il sortait des bols pour les céréales. Elle avait craint être mal à l'aise le lendemain matin, mais ce ne fut pas le cas avec Marcus. En effet, il s'exprimait si bien qu'elle savait où elle en était avec lui. Le matin même, en lavant doucement les cheveux de Lexi sous la douche, il lui avait dit :

— Je suis content que tu sois restée. Je ne me lasserai jamais de te voir.

Elle avait senti monter les larmes et lui avait ordonné de l'embrasser. Ensuite, il avait rincé ses cheveux, posé les paumes de Lexi à plat contre le mur carrelé et chuchoté à son oreille :

— Ne bouge pas tant que je n'en ai pas fini avec toi.

Ce qu'il lui avait fait, ce qu'il semblait *savoir*…

Elle secoua la tête, le souvenir déclenchant une pulsation entre ses jambes. Il fallait qu'elle arrête de penser au sexe. Elle ne partirait jamais de là si elle n'arrêtait pas de le désirer. Il devait partir travailler, et elle allait prendre un train pour rentrer. C'était vendredi et elle devait confirmer les détails de la fête de Mardi Gras à son bar le mardi suivant. Ce n'était pas seulement important pour le bar, c'était aussi une occasion d'obtenir du travail pour elle. Le bar attirait les clients de Wall Street, en partie parce que Marcus en connaissait beaucoup, mais aussi parce que le Burrow était situé tout près du quartier financier.

Il posa un bol de céréales devant elle avec une cuillère.

— Voilà !

— Comme c'est chic ! As-tu du lait ?

Il la montra du doigt.

— Tu vois comme tu me perturbes ? Tu es tellement sexy avec mon tee-shirt pour chemise de nuit !

Elle sourit, commençant à le croire, surtout quand il la regardait ainsi. Cet homme magnifique et sexy qui pouvait avoir qui il voulait – elle ne se faisait pas d'illusions là-dessus – pensait qu'elle était une belle femme sexy. Il était torse nu, lui offrant une vue glorieuse sur sa peau bronzée et ses muscles gonflés. Il ne portait qu'un boxer bleu marine étiré au-dessus de son érection. *C'est moi qui ai fait ça.*

Il se pencha au-dessus du bar à petit-déjeuner, souleva le menton de Lexi et l'embrassa.

— Je te désire encore, bébé. As-tu la possibilité de rester après le petit-déjeuner ?

Elle hocha la tête avec bonheur.

— J'ai un peu de temps.

— Moi aussi, jusqu'à onze heures.

Il se tourna et jeta un coup d'œil à l'horloge du micro-ondes.

— Deux heures. Que pouvons-nous nous faire subir en deux heures ?

— Ooh, beaucoup de choses.

Il gloussa et sortit la bouteille de lait qu'il fit glisser jusqu'à elle. Ensuite, il s'assit sur un tabouret à côté d'elle et ils croquèrent leurs céréales dans un silence agréable.

Elle n'avait mangé que la moitié quand il se servit un deuxième bol. Il secoua la boîte devant elle.

— Tu en veux plus ?

— Un bol, c'est largement assez.

Il se versa encore un peu plus de céréales, prit une bouchée et mâcha.

— Tu as une réaction épidermique face à l'infidélité. Je le comprends à cause de mon ex-infidèle, mais est-ce récent pour toi ?

Elle déglutit.

— Si nous partageons nos récits de guerre, raconte-moi le tien. Comment as-tu découvert qu'elle te trompait ?

Il grimaça.

— Je suppose que je l'ai bien cherché en abordant le sujet. D'accord, c'est notre premier anniversaire et j'ai tout préparé. J'ai pris une demi-journée de congé pour rassembler tous les ingrédients de son risotto préféré. J'ai passé des heures à le préparer, ainsi que le gâteau à la noix de coco qu'elle aimait. J'ai aussi acheté un joli bracelet en diamant. Je me suis dit qu'il fallait frapper fort pour le premier anniversaire, tu vois ?

Elle hocha la tête, déjà pleine de compassion parce qu'il avait fait plus d'efforts que la majorité des hommes.

Il continua :

— Puis, pendant notre dîner aux chandelles, elle dit d'un ton tout sexy : « que penses-tu d'avoir un mariage ouvert ? Nous pouvons toujours être mariés, mais avoir des amants sur le côté. Peut-être même en partager, ce qui nous rapprocherait ».

Elle regarda Marcus en écarquillant les yeux.

— Quel est l'intérêt de se marier si on couche avec d'autres personnes ?

— Exactement. Alors je lui réponds « Non, je ne veux pas ça ». Mais je me dis, ne lui suffis-je pas ? Ce n'est pas comme si nous nous étions enfoncés dans la routine au bout de seulement un an.

Il inspira profondément avant de poursuivre.

— Alors, elle répond : « eh bien, notre mariage est déjà ouvert. J'ai deux autres amants, et j'espérais que tu sois partant ».

Elle resta bouche bée.

— Lex, je suis si stupéfait que je ne peux même pas parler. Elle dit ça comme si c'était juste une histoire de mariage ouvert. Pas comme si elle m'avait été infidèle. Alors je finis par me lever et je dis : « je n'arrive pas à croire que tu m'aies trompé », et elle répond…

Lexi se pencha vers lui.

— Quoi ?

— « Je pensais que tu le savais ».

Elle se redressa.

— Non ! Elle t'a mis ça sur le dos ? Oh non. C'est totalement injuste.

Marcus secoua la tête.

— Je ne sais pas trop comment j'étais censé le savoir. Il n'y avait pas de signes évidents. Je lui faisais confiance. Bref, c'était fini. J'ai emballé mes affaires, demandé le divorce le lendemain, et j'ai pris l'avion pour rentrer.

Elle lui frotta le dos.

— Je suis vraiment désolée.

Il la regarda.

— Merci. C'était nul, mais c'était il y a quatre ans. Je suis passé à autre chose. Et maintenant, quand as-tu été trompée par ton ex ?

Elle déglutit.

— Il y a un peu plus d'un an.

— Le problème venait d'un seul type… ou y a-t-il autre chose ?

Elle l'embrassa dans le cou.

— Dépêche-toi de finir tes céréales. J'ai envie d'essayer quelque chose avec toi que je n'ai encore jamais fait avec un homme.

Il lui jeta un regard appuyé.

— Je t'ai raconté mon histoire.

Elle sauta du tabouret de la cuisine et contourna Marcus pour se rendre à l'évier, où elle rinça son bol. Un instant plus tard, il passa derrière elle, coupa l'eau, et posa les bras autour de sa taille.

— Lex, gronda-t-il dans son oreille. Je veux simplement savoir pourquoi tu t'énerves autant quand il est question d'infidélité. Parfois on dirait que tu penses que tous les hommes sont des ordures.

— Pas tous les hommes, dit-elle en se tournant dans ses bras et en lui enlaçant le cou.

Il appuya son corps contre le sien.

— Pas toi.

Il lui caressa les cheveux.

— Tu me fais confiance au lit. Je le sais, sinon tu ne te laisserais pas aller comme tu le fais, mais as-tu confiance en moi en dehors du lit ?

Elle laissa tomber ses mains et détourna les yeux. Elle ne voulait pas le blesser, car elle l'aimait, elle en était à peu près certaine. Elle n'avait jamais ressenti cela pour quiconque, mais en vérité… elle n'était pas encore prête. Sa confiance dans les hommes avait été brisée longtemps auparavant.

Il posa la main sous son menton et tourna son visage vers lui.

— Ce n'est pas grave. Je vais mériter ta confiance, je te le jure. Dis-moi simplement pourquoi tu penses que les hommes sont des ordures, en dehors de moi.

Elle grimaça, n'aimant pas révéler ces choses sur sa famille, mais souhaitant être aussi honnête avec lui qu'il l'avait été avec elle.

— Tu as raison. Ce n'est pas simplement mon ex-infidèle.

Il posa les mains sur ses hanches et la maintint fermement.

Elle inspira profondément en fixant son torse.

— Mon père et mon grand frère sont infidèles. Je n'ai jamais eu confiance en eux parce qu'ils mentent, ils sont sournois et ils font du mal aux femmes qui les aiment.

— Ouille.

— Oui, ce n'est pas mon sujet de conversation préféré.

Perturbée, elle voulut s'échapper, mais Marcus tenait toujours ses hanches, collé à elle. Elle baissa les paupières, incapable de le regarder dans les yeux.

— Je n'ai pas l'habitude de révéler autant de choses.

Il l'embrassa doucement.

— Je ne veux pas me sentir indifférent avec toi, Lexi.

Elle ravala des larmes brûlantes.

— Je suis un peu bouleversée. Je ne me suis encore jamais sentie ainsi avec quelqu'un.

Il l'embrassa encore avant de sourire. Un sourire si diabolique qu'il lui coupa le souffle.

— Es-tu prête à passer à la partie où je t'épate ?

— Oui, souffla-t-elle en jetant les bras autour de son cou et en l'embrassant.

Le reste fut un flou torride de bouches affamées, de mains

avides. Il lui arracha son tee-shirt, la laissant entièrement nue. Elle descendit son boxer en s'arrêtant pour déposer un baiser sur sa queue dure. Il sursauta, ce qui ne fit que l'encourager. Elle posa les doigts autour de lui et le prit dans sa bouche.

Il grogna.

— Lexi.

Elle venait à peine de commencer, s'échauffant à chaque succion, quand il appuya sur sa mâchoire, l'obligeant à le relâcher. Il la remit debout en la soulevant, posant les lèvres sur les siennes. Elle le serra entre ses jambes et ses bras, profitant de la sensation de toute cette virilité dure.

Leurs bouches unies, il avança avec elle jusqu'à ce qu'elle touche le mur avec le dos. Il se frotta délicieusement contre elle. Elle enfonça les ongles dans ses épaules et mouilla pour lui. Elle voulait plus et elle le guida en elle avec la main.

Il leva brusquement la tête et il la décala afin de pouvoir se retirer.

— Merde. Le préservatif.

Elle ne le lâcha pas, les bras et les jambes toujours autour de lui.

— Dépêche-toi d'en attraper un.

Il monta à l'étage avec elle toujours dans ses bras, la posa sur le lit et prit un préservatif dans le tiroir de la table de chevet. Il l'enfila, puis il fit sortir Lexi du lit d'un geste rapide et la fit marcher en arrière.

— Je te veux contre le mur.

— Oui !

Il passa un bras autour de sa taille, l'embrassant et la guidant jusqu'au mur. Et puis il la souleva, d'un seul mouvement puissant, le bras dans son dos afin qu'elle n'ait pas trop mal, la baisant et prenant soin d'elle en même temps. Elle s'accrocha à ses épaules puissantes et il la pénétra profondément.

Il la fixa de ses yeux sombres en glissant une main entre eux. Il la caressa, la rendit folle : elle ruait et lui griffait le dos. Il l'immobilisa, pompant en elle et la caressant rapidement. *Mon Dieu.* L'intensité monta en flèche, elle se mit à haleter, prise de plaisir brûlant.

Elle rejeta la tête en arrière, son corps se serrant autour de lui, sur le fil de l'orgasme.

Sa voix rauque lui parvint à travers le brouillard.

— Tu trembles, laisse-toi aller. Je te tiens.

Elle jouit violemment, les sensations explosant en elle, brûlantes et pleines de vie et d'amour. De l'amour pur et incandescent. Elle posa les lèvres dans son cou, enfermant les mots au fond d'elle. Il pencha la tête en arrière dans son orgasme, faisant saillir les tendons de son cou. Elle mordilla les tendons et il rugit, la faisant balancer au rythme de ses derniers va-et-vient.

Il respira bruyamment pendant un moment, une main sur le mur derrière elle, l'autre bras toujours autour de sa taille afin de la soutenir. Puis il la jeta par-dessus son épaule et il posa une main sur ses fesses.

— On retourne au lit.

Le sang lui monta à la tête, lui donnant le tournis à cause du changement soudain.

— Oui, s'il te plaît, parvint-elle à dire.

Il grogna.

— Nous allons finir par nous achever.

Elle laissa échapper un rire de bonheur étourdi quand il la posa doucement sur le lit.

— Mais on s'amusera en le faisant.

— Je reviens tout de suite.

Il se rendit à la salle de bains attenante et elle se détendit sur son grand lit, respirant son odeur dans les draps, sentant encore son goût sur sa langue.

Il revint et lui fit un sourire diabolique.

— Maintenant, tu vas faire cette chose que tu n'as encore jamais faite avec un autre homme.

— Oh, euh…

Ça n'avait évidemment été qu'une distraction, rien de plus.

Il grimpa sur elle, les paumes de chaque côté de sa tête, les bras tendus, et il la regarda.

— Laisse-moi deviner, tu as inventé ça pour que j'oublie notre discussion.

— Eh bien…

— Ne t'inquiète pas, j'ai toutes sortes d'idées pour toi. Tu peux me le dire quand on arrive à une idée que tu n'as pas essayée.

Elle lui caressa le dos en sachant qu'il voulait seulement qu'elle se sente bien. Cela lui donna envie d'être plus franche.

— Marcus, je… j'ai presque confiance en toi. Hors du lit, je veux dire. Je vais y arriver. Donne-moi juste un peu de temps.

Il l'embrassa tout en caressant sa gorge avec les doigts.

— D'accord. J'ai confiance en toi, tu sais.

— C'est parce que je suis très honnête.

— Moi aussi.

— Alors, continue à l'être.

— Tu as une marque terrible à cause de ma barbe dans ton cou.

Il la fit rouler sur le ventre en glissant sa main sur l'intérieur de sa jambe.

— Et ici.

Elle le regarda par-dessus son épaule.

— Ça en vaut complètement la peine.

Il lui caressa la colonne avec les doigts, causant un picotement électrique, avant de lui mettre une petite claque sur les fesses.

— Prends la position.

Elle leva les hanches.

— C'est ça que tu veux ?

— C'est ça que *tu* veux ? grogna-t-il.

Ensuite, sa langue diabolique fit des choses diaboliques et elle *adora* ça.

Le monde devint un kaléidoscope de couleurs derrière ses paupières et elle se laissa aller…

Elle s'envola…

En sachant qu'il ferait attention à elle, en sachant qu'il l'adorait, en sachant, au fond d'elle, que c'était de l'amour.

12

Elle avait donc passé le week-end avec Marcus. Il l'avait invitée à rester et puis il lui avait facilité les choses : il l'avait emmenée faire du shopping pour qu'elle puisse changer de vêtements et ils avaient acheté des affaires de toilette afin qu'elle soit à l'aise chez lui. Il avait aussi prêté son ordinateur portable pour qu'elle termine les derniers réglages de l'événement qu'elle organisait. Le triple S que représentait Marcus Shepard – sensé, séduisant et sexy – était bien apparent. *Soupir de pâmoison.* Il l'avait ramenée chez elle le dimanche. Ils étaient passés voir sa mère, qui était de bonne humeur, et puis il était resté chez Lexi.

Être avec Marcus était facile. Ils étaient simplement compatibles. Elle le respectait. Et elle ne respectait pas facilement les hommes. Il était franc, ouvert et responsable. Un homme sur lequel elle pouvait compter. C'était sans doute la première fois qu'elle rencontrait un homme fiable de toute sa vie. Sa mauvaise réputation et les rumeurs à son sujet ne correspondaient pas à l'homme qu'elle connaissait. Et surtout, il n'était pas infidèle. Oui, il avait fréquenté plusieurs femmes à la fois, mais c'était sa réaction à l'échec de son mariage, et il avait été honnête avec ces femmes en leur expliquant qu'il n'y avait rien d'exclusif. Il avait changé et maintenant il était avec elle. Exclusivement.

Mardi matin, il était parti tôt de chez elle pour un rendez-vous en ville au sujet du café devant ouvrir à côté de son bar. Elle avait tué le temps en revoyant tous les détails de dernière minute pour la fête du Mardi Gras qui avait lieu ce soir-là. Elle avait l'intention de partir en voiture avec les décorations. Elle comptait faire toute l'installation avant de vérifier où ils en étaient à la cuisine et au bar. Le menu semblait merveilleux : gombo, jambalaya, crevettes au gruau de maïs, et de mini gâteaux des Rois. Elle avait trouvé une pâtisserie en ville qui faisait les gâteaux et elle leur avait demandé d'ajouter une cerise au milieu de plusieurs d'entre eux. La personne qui trouvait une cerise gagnait des perles et un bon d'achat au bar. Elle était excitée et nerveuse et pleine d'espoir en même temps. Un peu comme ce qu'elle ressentait pour Marcus.

Elle entra dans le Burrow tard le mardi après-midi, avec trois cartons de décorations qui l'empêchaient presque de voir devant elle. Elle les posa sur le comptoir et elle regarda autour d'elle. C'était ouvert, mais presque vide, car il était encore tôt. Il n'y avait qu'un seul homme assis au bar.

Marcus apparut par la porte réservée aux employés.

— Lex, tu aurais dû m'envoyer un message. Je t'aurais aidé à porter les affaires.

Elle ne put s'empêcher de sourire. Il se vexait quand elle ne le laissait pas l'aider. Non seulement ça, mais il faisait le lit tous les matins, s'assurant qu'il n'y ait pas de plis dans les draps et gonflant les oreillers. C'était un homme viril qui ne perdait pas de vue ses sentiments et qui était assez domesti-qué… un spécimen vraiment extraordinaire.

Elle montra la rue.

— Il y en a d'autres dans la voiture. Toutes les affaires pour les différentes animations et les récompenses. Je me suis garée au parking du port.

— La clé.

Il agita les doigts pour récupérer la clé de la voiture en marchant vers elle d'un air très compétent et masculin. Telle-ment sexy.

— Je vais rapprocher ta voiture et ramener le reste.

Elle sortit la clé de son sac et la lui tendit.

— Merci.

Il se pencha en souriant et il l'embrassa.

— Tu pourras me remercier plus tard… à ta façon si spéciale.

Elle sourit.

— Si tu as de la chance.

Il rit et il partit en lançant :

— J'ai déjà eu de la chance en te trouvant.

Elle inspira brusquement. Parfois il disait ce genre de choses, ces choses incroyables qui la renversaient. Il ouvrit la porte, se tourna et lui fit un clin d'œil.

Elle courut vers lui, attrapa ses épaules et se leva sur la pointe des pieds pour l'embrasser. Il la rejoignit à mi-chemin.

— Moi aussi, j'ai de la chance, chuchota-t-elle. Vas-y, allez.

Elle poussa son torse avant qu'il puisse voir les larmes dans ses yeux.

Il resta inébranlable.

— Lexi, bébé, dit-il d'une voix douce avec un regard tendre.

Elle détourna la tête en ravalant ses larmes. Il posa un instant sa main sur sa joue puis il partit, la laissant respirer.

Elle retourna à l'intérieur, la main sur son cœur battant. Elle l'aimait tant que c'était insensé. Un bonheur angoissé, à moitié effrayé, à moitié surexcité. Son ex-infidèle avait été sa première relation sérieuse. Pour tous les autres hommes avant lui, elle avait été trop effrayée pour rester assez longtemps et rendre la relation plus sérieuse. Ce qu'elle avait ressenti pour son ex ne ressemblait pas du tout à ça. Et elle pensait que Marcus avait peut-être aussi des sentiments profonds pour elle.

Elle se frotta le front, regrettant un peu tard de ne pas avoir invité ses amies pour la soirée, particulièrement Sabrina. Son amie conseillère conjugale savait la calmer et la rassurer que tout irait bien. C'était une sorte de spécialiste de l'amour. Elle sortit son téléphone et composa un message à Sabrina : *Je suis amoureuse de Marcus*. Elle se mit à transpirer et elle l'effaça. Voir ces mots suffit à faire monter l'adrénaline.

Concentre-toi. Mardi Gras. Elle eut un gros trou, tous les détails dont elle avait besoin de se souvenir ayant soudain disparu. *Surcharge, surcharge, surcharge.*

L'événement devait se dérouler parfaitement, et elle perdait les pédales. Elle n'avait encore jamais organisé une animation toute seule, et la pression de réussir, ainsi que les hauts et les bas de ses émotions la firent presque paniquer. Elle avait besoin de Hailey, la planificatrice ultime, pour l'aider. Cela faisait des années que Hailey travaillait seule.

Elle envoya un rapide signal de détresse à son amie. *Il me reste deux heures avant la soirée de Mardi Gras et je panique !*

Hailey répondit un peu plus tard. *Veux-tu que je vienne t'aider ? Je peux être là vers dix-huit heures trente.*

Lexi eut la gorge serrée. Hailey était une bonne amie. Et elle devait être si occupée avec toutes ses planifications de mariage. Comment parvenait-elle à garder son calme avec autant de mariages et toutes ces mariées qu'elle devait aider pendant une période de leur vie si pleine d'émotions ?

Lexi répondit : *Ça va. Je suis sûre que tu es très occupée.*

Je viens de terminer avec une cliente.

T'inquiète. Je gère. Mais merci.

Tu en es sûre ?

Je suis amoureuse de Marcus. EFFACER. Elle inspira profondément et elle renvoya : *Oui, tout va bien. Panique passagère. Merci d'être là.*

Quand tu veux. Tu vas être fabuleuse ! Allez Lexi ! Allez Lexi !

Lexi sourit, se sentant plus calme après les encouragements de son amie. Elle rangea son téléphone et ouvrit le premier carton de décorations : des guirlandes festives pour les contours de la salle. Elle pouvait faire ça sans problème. Il suffisait de se concentrer sur l'événement. Une étape à la fois. Elle leva les yeux vers les plafonds hauts couverts de plaques en métal gaufré. Il lui fallait un escabeau ou une échelle pour les atteindre.

Elle demanda au barman où elle pouvait en trouver un, et il lui indiqua la réserve à l'arrière. Elle en sortit un escabeau et se mit au travail, commençant à l'avant du bar. Elle avait fait la moitié de la salle quand Marcus revint avec quelques cartons, les posant sur le sol.

—Lex, je vais te chercher de l'aide.

Elle mit en place l'adhésif double face et elle le regarda.

— Ça va, pas besoin.

Il l'ignora et il partit à l'arrière. Quelques minutes plus tard, il revint avec deux hipsters mignons ayant la vingtaine qu'elle n'avait encore jamais rencontrés.

— Voici Sara et Caleb. Ils vont te donner un coup de main.

Elle les salua amicalement. Sara avait de longs cheveux roses, un anneau au nez, et elle portait un tee-shirt noir avec un short en jean et des collants noirs. Caleb avait des cheveux bruns bouclés et il portait un tee-shirt bleu à manches courtes avec des palmiers blancs et un pantalon en velours côtelé marron.

Ils levèrent le menton vers elle pour la saluer avec un « Hé » amical, pendant que Marcus les observait de près. Apparemment satisfait par leurs réactions, Marcus se tourna vers elle.

— J'ai garé la voiture à un pâté de maisons. Je vais aller chercher le reste.

— Merci ! appela-t-elle dans son dos.

Il leva la main et continua à marcher.

Elle soupira, regardant ses grandes épaules capables disparaître par la porte. Il n'y avait rien de mieux qu'un homme qui savait se prendre en main.

— Il a cet effet sur les femmes, dit Sara.

Lexi se raidit.

— Je ne suis pas étonnée.

Sara hocha la tête.

— Toutes les employées ont le béguin pour lui, même un des garçons.

— C'est sympa, dit Lexi d'un ton neutre. Pourrais-tu trouver le carton avec les décorations de table ? Caleb, pourras-tu installer une longue table là-bas ?

Elle désigna l'endroit où elle voulait l'installer.

— Marcus a dit qu'il y en avait une au sous-sol.

— Je m'en occupe, dit Caleb.

Sara resta près d'elle.

— Alors, Marcus et toi, c'est officiel, hein ? Il a dit que tu étais sa petite amie.

Elle se sentit rougir.

— Oui, je suppose que c'est officiel.

Sara baissa la voix.

— Sois prudente. J'ai entendu dire…

— Marcus et moi on s'entend bien. Je ne veux pas connaître les rumeurs.

Elle avait dépassé ça. Elle connaissait cet homme, avait pris un risque, et maintenant elle y était enfoncée jusqu'au cou. Elle devait apprendre à lui faire confiance.

— Comme tu veux, dit joyeusement Sara avant de se rendre au bar pour attraper le carton de décorations suivant.

Deux heures plus tard, l'événement battait son plein et Lexi guidait joyeusement les gens d'une animation à une autre. Sara et Caleb l'aidèrent pour le restant de la soirée. Il se trouva que Sarah était une serveuse/artiste et Caleb était un plongeur/musicien. Ils étaient très doués avec les clients, et elle comprit pourquoi Marcus avait voulu les engager. Marcus intervenait souvent pour aider et il avait lui-même installé les lumières clignotantes blanches, mais il s'occupait aussi des coulisses, travaillant avec l'équipe en cuisine, et prenant le relais pour aider derrière le bar.

La foule augmenta à mesure que le concours de roi et reine du bar se répandit sur les réseaux sociaux. Ils avaient fait participer vingt personnes au concours et ils affichaient un sondage sur leurs réseaux sociaux préférés. Leurs amis votaient, partageaient et venaient voir les résultats. C'était merveilleux.

Les cocktails *hurricane* coulaient à flots, ainsi que les Martinis violets préparés avec de la vodka aux myrtilles, et la boisson préférée de la soirée, le Verre du Roi, un mélange de champagne et de vodka versé dans des gobelets dorés commémoratifs qu'elle avait commandés spécialement pour l'occasion et sur lesquels il était inscrit « Mardi Gras au Burrow ». La musique était du Zydeco cajun festif. Plus tard, pour le speed dating masqué, elle allait mettre du jazz.

Elle s'arrêta près de la longue table où Sara apprenait aux gens à faire des chars de carnaval à partir de boîtes de céréales miniatures.

— Comment ça se passe ? demanda Lexi.

— Super bien.

Sara montra un petit char de Froot Loops avec des paillettes dorées et des plumes vertes collées dessus.

— Voilà le mien. Je devais faire un exemple.

— Génial !

Lexi se tourna vers Caleb au bar, qui encourageait les gens à obtenir plus de voix dans l'élection du roi et de la reine. Il lui sourit et elle sourit à son tour. Elle se retourna vers Sara.

— Nous rangerons ce stand dans une heure et nous distribuerons les prix. Il faudra entièrement vider la table, parce qu'il y aura le dessert là-dessus. Tout le monde aura des perles simplement pour avoir participé.

Sara ricana.

— On ne montre pas ses seins, alors, hein ?

— Non. Je vais te chercher quelques colliers à porter, puis tu pourras distribuer les autres.

Elle jeta un coup d'œil aux alcôve à l'arrière, où les gens mangeaient des plats typiques de La Nouvelle-Orléans. Au départ, elle avait prévu d'installer le speed dating masqué dans les alcôve, mais il était impossible d'obliger les gens à quitter leur place. Elle allait devoir faire le speed dating debout. Et ce serait très rapide. Trois questions, on marque oui si on est intéressé, on ne laisse que les prénoms. Elle était également contente des questions et elle avait l'intention de les écouter discrètement pendant qu'elle surveillait le temps. Elle en avait testé un certain nombre sur Marcus auparavant, afin de sélectionner celles qui recevraient les réponses les plus créatives. Les gagnantes furent : Quel super pouvoir aimerais-tu avoir et pourquoi ? Qu'achèterais-tu avec un million de dollars ? Et quelles sont tes céréales préférées ? L'objectif était de rire et de s'amuser, pas de tomber amoureux, mais on ne savait jamais. Marcus et elle s'étaient bien rapprochés en mangeant des céréales.

Elle traversa la foule en dansant et elle se faufila dans la zone réservée aux employés pour récupérer l'énorme carton de masques de Mardi Gras. Elle avait prévu d'en porter un au moment d'annoncer le speed dating pour tous ceux qui étaient intéressés. Il y avait également des récompenses. Bien sûr, tout le monde recevait des perles, mais elle avait également des bons d'achat pour le Burrow et quelques ours en peluche mignons portant des tee-shirts au nom du bar. Son objectif était de faire revenir les gens afin d'aider Marcus à développer son affaire. Elle allait attribuer des prix pour le couple le plus mignon, la réponse de speed dating la plus intéressante, et pour la plus drôle. Ils allaient devoir volontairement nommer les réponses drôles et intéressantes à la fin pour gagner, car elle ne pouvait pas garder la trace de toutes leurs réponses.

Elle entra dans le grand débarras et tira sur la corde de la lampe au plafond. Elle ouvrit le grand carton en cherchant le masque qu'elle voulait porter. Il y en avait un très mignon qui ressemblait à des yeux de chat. *Bam !* Elle sursauta lorsque la porte claqua derrière elle. Son cœur se mit à battre très vite. Elle tourna les talons, levant les poings, prête à se défendre.

Marcus se tenait là avec un grand sourire.

— Tu devrais voir ta tête : féroce et terrifiée en même temps, comme si tu allais combattre l'intrus. Ce n'est qu'une réserve. Il n'y a rien à voler ici.

Elle baissa les poings.

— Tu m'as fait tellement peur !

— Pardon, ce n'était pas volontaire. Je voulais juste te voir une minute. Monte là-dessus et embrasse-moi.

Il lui fit signe de grimper sur lui. Il faisait trente centimètres de plus qu'elle et il aimait la soulever pour l'embrasser.

Elle leva les yeux au ciel.

— Sérieusement ! Tu m'as fait perdre des années d'espérance de vie.

Il s'approcha d'elle en glissant les bras autour de sa taille.

— Comment ça se passe là-bas ?

— Très bien. Je me prépare pour le speed dating masqué.

— Donne-moi un masque aussi.

Elle se pencha pour attraper les masques, et Marcus vint se placer derrière elle, glissant la main le long de ses fesses et entre ses jambes.

— Sérieusement, arrête, protesta-t-elle. On va finir par le faire dans le placard, et il faut que je retourne à la fête. Mon patron me harcèle pour que l'événement soit une réussite.

Elle l'entendit – son patron – glousser derrière elle et elle sourit en sortant deux masques.

Elle en mit un sur lui : il avait des losanges dorés et violets et une fleur de lys dorée juste au-dessus de son nez. Puis elle enfila le sien, couvert de paillettes rouges et entouré de plumes noires et vertes.

— Qu'en penses-tu ? Me reconnaîtras-tu dans la foule ?

— Il me faudra peut-être le faire au toucher.

Il passa les mains sous son haut et les posa autour de ses seins.

— Mmm… on dirait bien une femme sexy.

Elle repoussa ses mains, mais ses tétons avaient durci.

— Regarde ce que tu as fait.

— Je me sens très coupable.

Il remonta son haut et se lécha les lèvres avant d'ajouter :

— Laisse-moi arranger ça.

Elle saisit le bouton du jean de Marcus et il ricana.

— Je vais le faire, avertit-elle.

— Je ne vais pas t'en empêcher. Je t'en prie.

Elle secoua la tête et elle monta sur la pointe des pieds pour l'embrasser. Il lui fit un long baiser qui la laissa toute étourdie. Ensuite, il ouvrit la porte et il la poussa doucement avec le carton de masques.

Quand le speed dating commença, Lexi était sur un petit nuage. Elle était amoureuse, la soirée se déroulait sans aucun accroc et tout le monde semblait passer un bon moment.

— Passez à l'homme suivant, mesdames, cria-t-elle en remettant le chronomètre à zéro sur son téléphone.

Les couples étaient disposés autour d'elle : vingt-quatre célibataires s'étaient portés volontaires après avoir été longuement encouragés par leurs amis et par les récompenses qu'offrait Lexi. Elle demanda aux hommes de rester en place et aux femmes de tourner dans le sens des aiguilles d'une montre. Les questions eurent beaucoup de succès, inspirant quelques réponses très créatives et beaucoup de rires. Il était même possible qu'elle ait inspiré quelques relations. Elle comprenait pourquoi Hailey adorait jouer les entremetteuses. C'était amusant de penser être à l'origine d'un lien amoureux. En tout cas, ça l'était maintenant qu'elle en avait un elle aussi, et parce que tout le monde était volontaire. Hailey avait un peu trop souvent insisté lourdement.

Elle étouffa un rire en entendant un homme dire qu'il voulait un super pouvoir qui arrêtait le temps. C'était bien sûr pour passer plus de temps avec la femme qui lui avait posé la question. Comme c'était ringard ! La femme poussa un grognement et l'homme changea vite sa réponse en pouvoir de vol.

Ils finirent tout le cercle et elle rassembla les cartes afin de rassembler discrètement les couples qui allaient continuer leurs conversations. Ensuite, elle présenta les prix, d'abord au couple le plus mignon : il s'agissait de deux personnes qui n'avaient pas arrêté de rire pendant leur temps ensemble. Elle demanda à tout le monde de révéler les réponses les plus intéressantes et les plus drôles. Lorsque les votes furent comptés et les prix distribués, elle donna des colliers de perles à tous les participants.

— Vous pouvez garder les masques, leur dit-elle.

Beaucoup d'entre eux la remercièrent en retournant voir leurs amis. Quelques-uns des nouveaux couples partirent directement au bar pour boire un verre et discuter.

Un des hommes de l'événement l'attira sur le côté et la remercia pour une très bonne soirée. Il avait la trentaine, les cheveux bruns soigneusement peignés sur un côté, les yeux couleur bleu tempête.

— Je m'appelle Nate Kennedy, au fait, dit-il en lui tendant la main.

Ce nom lui sembla vaguement familier.

Elle lui serra la main.

— Lexi Judson.

— Ravi de vous rencontrer, Lexi.

Il serra un instant ses doigts avant de la relâcher.

— Écoutez, mon entreprise organise une journée de team building vendredi. Pensez-vous pouvoir planifier une fête pour nous, après ? La nourriture est déjà prévue, mais je me disais que vous pourriez ajouter quelque chose d'amusant afin de célébrer notre première année dans les affaires. C'est un petit bureau, une équipe de trente personnes.

— J'aimerais beaucoup. Tout à fait.

Il n'y avait que trois jours pour tout planifier, mais tant pis. Un travail était un travail, et elle allait faire en sorte que ça marche.

— Merveilleux.

Il sortit une carte de visite de son portefeuille.

— C'est Red Arrow Marketing.

— D'accord, cool. Je vais réfléchir à quelques idées et je vous contacte demain.

Il se pencha près d'elle en baissant la voix.

— Je vous ai vue avec Marcus tout à l'heure. Ne vous laissez pas tromper par son charme. Il n'est pas celui que vous croyez.

Elle eut un frisson glacial.

— Que voulez-vous dire ?

— Je sais simplement ce qu'il a fait à d'autres femmes.

Il se tourna et disparut dans la foule.

Elle retira son masque, se levant sur la pointe des pieds pour voir où était parti Nate. Il sortit directement dans la rue. Étrange. D'abord il lui avait offert un travail, puis il l'avait avertie de ne pas s'approcher de Marcus. Elle croisa les bras pour se rassurer, un peu inquiète. Pourquoi son nom lui paraissait-il familier ?

Elle partit à la recherche de Marcus, mais elle ne le vit nulle part. Peut-être était-il sorti prendre l'air ? Il faisait chaud et c'était bondé dans le bar. Elle retourna à la cuisine où elle demanda de sortir les gâteaux des Rois pour le dessert. Elle en avait des centaines, beaucoup trop pour les porter elle-même.

Après avoir fait sa demande en cuisine, elle sortit un carton de gâteaux en se disant qu'elle allait les disposer sur la longue table. Cela lui permettait d'expliquer le jeu avec la cerise cachée à l'intérieur. Elle venait de retourner dans le bar bien rempli quand elle entendit Caleb crier :

— Les gagnants du concours du roi et de la reine sont Marcus et Ellie !

Lexi sursauta. Elle ne savait même pas qu'ils avaient participé. Elle les chercha du regard et son estomac tomba comme une pierre. Marcus et Ellie s'embrassaient.

Et ce n'était pas un petit bisou, c'était un baiser à pleines lèvres.

13

———

Le carton des gâteaux tomba de ses mains molles et sa vue se troubla à cause d'un brouillard de larmes. Elle se tourna, sur le point de fuir, avant de se raviser. Non, elle n'avait rien fait de mal. Elle voulait qu'il sache qu'elle était au courant. Elle allait l'étrangler à mains nues avant de se jeter sur Ellie. Mais d'abord Marcus. Il l'avait bien menée en bateau avec ses adorables mensonges ! Il savait qu'elle avait déjà souffert à cause des infidélités.

Elle vit rouge et se jeta en avant… puis trébucha sur la boîte des gâteaux. Elle posa vite les mains devant elle pour rompre sa chute, mais elle heurta malgré tout le sol avec son visage. *Ouille, ouille, ouille.* Elle roula sur le côté en touchant sa bouche. Apparemment, elle avait encore toutes ses dents. Un goût cuivré lui évoqua du sang. Elle tâta prudemment le contour de sa bouche. Super. Sa lèvre inférieure saignait.

— Est-ce que ça va ? demanda un homme.

Elle se leva, rassemblant sa dignité autour d'elle.

— Oui, très bien.

Marcus croisa son regard.

— Lexi.

Elle tourna les talons et se précipita aux toilettes pour femmes. Elle prit une serviette en papier dans ses mains tremblantes et elle l'humidifia pour la poser sur sa lèvre. Ses dents avaient sûrement entaillé la lèvre dans sa chute. Au bout de quelques instants, l'adrénaline quitta son corps, la laissant épuisée. Elle resta aux toilettes aussi longtemps que possible, retrouvant son sang-froid par la seule force de sa volonté.

Elle allait terminer l'animation de cette soirée la tête haute. C'était une occasion qui pouvait être importante pour son travail futur. Elle avait un nouveau projet avec Nate et elle allait peut-être recevoir d'autres propositions avant la fin de la soirée. Sinon, il fallait retourner chez ses parents ou s'installer sur le canapé d'une de ses amies en couple et tenir la chandelle. Pourquoi ne pas emménager avec Hailey ? Elles vieilliraient ensemble en s'occupant de leurs petits bébés à fourrure. Vraiment génial ! Elle aurait dû savoir que Marcus n'avait pas changé. Toutes ses amies l'avaient avertie, mais les avait-elle écoutées ?

Elle se jeta un regard assassin dans le miroir. Quand allait-elle enfin apprendre de ses erreurs ? Elle avait pris un risque avec lui, lui avait ouvert son cœur tendre et cela lui revenait en pleine figure. Elle regarda le plafond en retenant ses larmes. Puis elle resta plantée là en attendant que le saignement cesse, furieuse contre elle-même d'avoir laissé Marcus s'approcher d'elle. Enfin, elle jeta la serviette à la poubelle, lava et sécha ses mains, et sortit.

Marcus et Ellie attendaient dans le couloir. Fantastique. Précisément les deux personnes qu'elle avait envie de voir…

— Qu'est-il arrivé à ta lèvre ? demanda Marcus. Il te faut de la glace.

Ça commençait certainement à gonfler.

— Excusez-moi, dit-elle d'un ton très professionnel. Je dois aller voir la situation des gâteaux.

— Lexi, attends, dit Marcus. Dis-le-lui, Ellie.

Lexi continua à avancer, ne souhaitant pas entendre un seul mot.

— Lexi ! cria Marcus.

Elle se dirigea tout droit vers la sécurité de la cuisine bondée. Elle ne voulait pas avoir une grosse dispute de rupture avec lui tout en continuant à organiser la soirée. Il fallait attendre la fin.

Elle venait de passer par la porte réservée aux employés quand Marcus lui saisit les bras par-derrière et la tira vers lui.

— Lâche-moi ! hurla-t-elle en se débattant vainement.

Il était bien trop fort. Il parla près de son oreille :

— Écoute. Ce n'est pas ce que tu crois.

— Je n'ai pas l'intention d'en parler maintenant ! Je vais terminer l'animation de la soirée parce que je suis une professionnelle. Si tu veux m'en parler après, très bien, mais je n'ai rien à te dire.

Il continua à voix basse.

— Elle m'a embrassée. Je n'ai pas rendu son baiser.

Elle déglutit. Elle avait envie de le croire mais elle était bien trop énervée pour une conversation rationnelle.

— Je te jure que si tu ne me lâches pas maintenant, je ne te le pardonnerai jamais.

Il lui lâcha les bras.

Elle retourna à la cuisine, récupéra de la glace pour sa lèvre et se remit au travail en refoulant toute sa douleur et sa colère.

Elle termina la soirée en distribuant des colliers de perles et sa carte de visite à tout le monde pour d'autres fêtes ou événements qu'ils souhaitaient organiser. Il n'y eut pas d'autres propositions de travail, mais elle avait au moins Nate. Il avait peut-être un différend avec Marcus, mais ça ne signifiait pas qu'elle ne pouvait pas travailler avec lui.

Elle se tourna et elle vit Marcus s'approcher, la mâchoire serrée, plein de détermination. Elle ressentit soudain bien plus que de la jalousie furieuse. Tous ses doutes antérieurs lui revinrent d'un seul coup. Connaissait-elle vraiment Marcus après être sortie trois semaines avec lui ? Nate l'avait prévenue : *Je sais simplement ce qu'il a fait à d'autres femmes.* Ses amis l'avaient également avertie. Elle avait ignoré tout le monde parce que Marcus avait été si doux avec elle, prenant toujours soin de la mettre à l'aise. Et ils avaient partagé des choses, ils avaient vraiment parlé. N'était-ce qu'une ruse pour l'attirer, pour la rendre vulnérable avant de l'anéantir ? Toutes les femmes représentaient peut-être une vengeance pour ce que son ex-femme lui avait fait.

Elle avait l'esprit embrouillé, les nerfs à vif, mal partout. Elle n'arrivait pas à se raccrocher à sa juste colère alors qu'elle souffrait autant. Tout en elle lui hurlait de mettre de la distance entre Marcus et elle, mais quelque chose la retenait, une petite partie de son cœur stupide souhaitait préserver leur lien.

Marcus lui prit la main et l'entraîna derrière lui.

Elle fut soudain méfiante et son cœur se mit à battre très vite.

— Où allons-nous ?

— À mon bureau.

Ils passèrent devant Ellie.

— Dans mon bureau, lui aboya-t-il.

Marcus tira Lexi jusqu'à la petite pièce.

— Assieds-toi.

Elle ignora cet ordre, restant près de la porte au cas où elle avait besoin de s'échapper vite fait. L'endroit était exigu, il y avait juste assez d'espace pour un bureau en métal noir, deux chaises pliantes et un meuble de rangement des dossiers.

Marcus s'installa derrière le bureau et Ellie s'assit sur une chaise pliante face à lui.

Marcus regarda Ellie.

— Dis-le-lui.

Ellie se tourna vers Lexi et parla d'un ton monocorde :

— Je l'ai embrassé. Ce n'était pas réciproque. Je suis désolée si je t'ai blessée.

— Tu peux partir maintenant, dit Marcus à Ellie. Ferme la porte derrière toi.

Ellie se précipita hors du bureau, la porte se refermant en silence.

— L'as-tu renvoyée ? demanda Lexi.

Sa lèvre lui faisait mal quand elle parlait.

— Non.

Il marqua une pause.

— Je sais de quoi ça avait l'air, mais il n'y a rien avec elle. Elle a mal interprété notre relation, et je l'ai détrompée.

Elle l'observa, la douleur envahissant sa poitrine comme un étau autour de ses poumons. Ses instincts protecteurs prirent le relais et le besoin de s'éloigner de lui devint si fort que ses jambes furent parcourues d'éclairs d'énergie la préparant à courir.

Marcus rompit le silence tendu.

— Je ne savais même pas qu'elle nous avait inscrits au concours. Elle n'aurait pas dû le faire. C'était réservé aux clients. Je leur ai fait choisir un autre couple à la place.

— Elle m'a avertie de ne pas m'approcher de toi, la première fois que nous nous sommes rencontrées. Elle voulait évidemment t'avoir pour elle seule.

— Ce n'est pas important. Lex, tu saignes. Laisse-moi…

— Je vais bien.

Elle fouilla à la recherche d'un mouchoir dans son sac et elle se tamponna la lèvre.

— Je suis désolé. Je n'ai jamais voulu te faire du mal.

Elle déglutit, voulant pardonner et oublier, mais tout était désormais imprégné par l'avertissement de Nate et des signaux d'alarme se déclenchaient dans sa tête.

— J'ai parlé à Nate Kennedy au sujet d'un travail.

— Tu en as déjà décroché un ? C'est fabuleux.

— Lui aussi, il m'a mise en garde contre toi. Tu as une sacrée réputation.

Il fronça les sourcils.

— Je ne sais pas pourquoi il a fait ça. C'est un client régulier, mais je ne pense pas lui avoir déjà dit autre chose que bonsoir.

Elle sut soudain pourquoi le nom de Nate lui paraissait familier. Ellie lui avait dit que Marcus était sorti avec la sœur de Nate. Selon elle, Nate avertissait tout le monde parce que sa sœur avait essayé de se suicider après avoir été larguée par Marcus.

— Tu es sorti avec sa sœur, articula-t-elle péniblement.

— Qui ? Je ne me souviens pas de quelqu'un ayant Kennedy pour nom de famille.

— Je ne connais pas son prénom.

Il haussa les épaules.

— Tu sais que je suis sorti avec des femmes avant de te

rencontrer. Ça n'a rien à voir avec nous en ce moment. Nous nous nous voyons en exclusivité, tu te souviens ?

Ses lèvres esquissèrent un petit sourire.

— Tu m'adores.

La gorge serrée, les émotions tout embrouillées, elle ne put se résoudre à parler de l'horrible rumeur. C'était peut-être un mensonge. Nate avait potentiellement un autre objectif. C'était assurément le cas d'Ellie.

— Lexi, parle-moi.

Elle ne pouvait pas s'ouvrir à lui maintenant, car le choc et la douleur étaient encore trop frais dans son esprit.

— Au revoir, marmonna-t-elle en se tournant vers la porte.

— Attends. Je te raccompagne jusqu'à ta voiture.

Elle jeta un coup d'œil par-dessus son épaule. Marcus était debout, les sourcils froncés au-dessus de ses yeux inquiets. Elle voulait lui pardonner, voulait croire qu'il était un type bien, mais elle ne le pouvait pas. Pas aujourd'hui.

— Je m'en sortirai très bien toute seule.

Plus tôt dans la journée, il lui avait indiqué où il avait garé sa voiture, et elle était maintenant contente de le savoir.

Elle sortit vite, craignant un peu qu'il l'arrête. Il était certainement assez fort pour l'empêcher de fuir, mais il n'en fit rien.

Un pied après l'autre, la lèvre douloureuse, l'estomac noué, elle sortit dans la rue, inspira l'air froid de la nuit et marcha jusqu'à sa voiture.

Marcus se rendit à Clover Park le lendemain pour parler en face à face avec Lexi. Il avait besoin de savoir que tout était réglé entre eux maintenant.

Quand il arriva à l'appartement de Lexi, elle n'était pas chez elle. Il sortit son téléphone et lui envoya un message. Elle était en route pour la grande ville où elle devait rencontrer Nate. Il essaya de se rappeler s'il avait un passé avec cet homme, mais il n'arrivait pas à s'en souvenir. Nate datait peut-être de son époque à Wall Street ? À sa connaissance il n'avait pas d'ennemis, et il n'arrivait pas à imaginer pourquoi il aurait voulu éloigner Lexi de lui. La seule chose logique aurait été si ce type la voulait pour lui-même. C'était possible : la veille, elle avait été lumineuse et pétillante, mettant l'ambiance dans la fête pour en faire profiter tout le monde. Il pensait déjà à l'engager pour d'autres soirées.

Il l'appela en retournant à sa voiture.

— Mauvais timing. Je viens d'arriver chez toi, et toi tu pars en ville.

— Je suis dans le train, je ne vais peut-être pas capter longtemps.

— Je retourne en ville tout de suite après avoir vu ma mère. Nous pourrons nous rejoindre au bar quand tu auras fini ton rendez-vous.

— J'ai beaucoup de choses à faire. Je te verrai plus tard.

Il s'arrêta net.

— Es-tu fâchée contre moi ?

— Pourquoi ?

— Tu sais pourquoi. L'histoire avec Ellie.

— Je suis certaine que tu n'y es pour rien si les femmes se jettent sur toi.

Il poussa un soupir.

— Je t'ai dit qu'elle m'a surpris. Je ne te tromperai jamais.

— C'est bon à savoir.

Son ton avait été dédaigneux, comme si elle ne le croyait pas.

— Nous devons nous parler en personne.

— Je te le ferai savoir quand j'aurai le temps. Salut.

Il regarda son téléphone. Merde. Ce n'était pas bon signe. Elle le rejetait, il en était certain. Ce n'était pas seulement qu'elle avait du travail.

Bon, il allait essayer de l'aider encore plus avec son travail. Elle avait un business plan solide et grâce à la soirée au Burrow, elle avait maintenant un peu d'argent pour se lancer. Il allait l'aider à imaginer un site Internet sympa et la mettre en contact avec son créateur de sites Web. Cela montrerait à Lexi qu'elle comptait pour lui. C'était la seule idée qu'il avait.

Il monta dans sa voiture et lui envoya un message en proposant son aide. Elle répondit : *Je gère. Mais merci.*

Merde. Si elle n'avait besoin de lui pour rien, comment pouvait-il lui montrer qu'il était digne d'elle ?

Il lui suffisait peut-être de s'expliquer. *Lexi, je t'aime.* Il se mit à transpirer. Et si elle ne le lui disait pas en retour ? Et si elle n'arrivait pas à dépasser le baiser par lequel il s'était fait surprendre en toute innocence ?

Il s'assit au volant, trop perdu dans ses pensées pour conduire. Il se repassa tous les faits. Ellie avait affirmé qu'il était le roi à ses yeux, et il s'était senti attendri par son employée favorite. En souriant, il lui avait chaleureusement dit « Merci, chérie ». Il disait toujours « mon ange » ou « chérie » aux femmes. Peut-être avait-il été trop chaleureux. Elle l'avait clairement mal compris. Il avait été si surpris qu'il ne l'avait pas immédiatement repoussée.

Il n'avait pas remarqué qu'Ellie avait des sentiments pour lui. Son intention avec les femmes était toujours d'être chaleureusement amical. N'était-ce pas ce qui importait ? L'intention ? Il ne voulait pas marcher sur des œufs avec Lexi. Il voulait qu'elle comprenne qu'il avait seulement été gentil.

Son amour n'était peut-être pas suffisant pour Lexi.

Et quand l'avait-il été ? Il avait essayé d'aider sa mère toute sa vie, l'empêchant d'être triste et de pleurer. Ça n'avait pas fonctionné. L'état de sa mère avait empiré et elle avait eu des crises de panique pendant des années.

Son amour n'était pas suffisant.

Maintenant, elle ne voulait même plus quitter la maison.

Son amour n'était pas suffisant.

Même sa femme, qui avait juré de l'aimer lui et rien que lui, avait trouvé qu'il lui manquait quelque chose.

Peut-être… son amour ne suffisait-il à personne ?

Il posa la tête sur le volant, pris dans un vide engourdissant qui le laissa fatigué et gelé. Tous ses efforts étaient inutiles. Il ne pouvait pas réparer la situation, parce que c'était lui qui était brisé.

Lexi n'arrivait pas à croire qu'elle ait si vite obtenu ce nouveau travail, mais elle était ravie. Nate lui avait envoyé quelques détails, dont un très petit budget, mais ce n'était pas grave. C'était son premier vrai client. Elle entra dans les bureaux de Red Arrow Marketing, non loin du bar de Marcus, dans le quartier financier. C'était un grand espace ouvert de style loft, rempli de méridiennes colorées, de canapés, de chaises et même de ballons gonflables pour le sport. Les postes de travail se trouvaient au centre, entourés de bureaux aux cloisons en verre. Il y avait une ambiance jeune et sympa. Une jeune femme au poste de travail central s'approcha. Elle portait une jolie robe bleu pâle imprimée de pâquerettes.

— Puis-je vous aider ? demanda-t-elle.

— Bonjour, je m'appelle Lexi Judson. Je suis là pour voir Nate.

Elle sourit.

— Il vous attend. Vous pouvez entrer. Il se trouve dans le bureau du coin.

Elle indiqua une pièce en verre.

Nate leva la main en lui souriant. Elle le salua à son tour, traversa le grand espace et le rejoignit.

Il se leva et il se pencha au-dessus de son bureau pour lui serrer la main.

— Je suis content de te revoir. Assieds-toi, je t'en prie.

Elle s'installa sur un fauteuil rouge en face de son bureau.

— Moi aussi.

Il croisa les mains sur la table.

— Commençons par le début. Il s'agit d'une fête avec de la nourriture, de la bière, du vin, du champagne – tout ça est déjà organisé – mais j'aimerais également des activités amusantes et des décorations comme tu l'as fait pour Mardi Gras. L'exercice de team building avant la fête sera créatif : nous faisons un concours où il faut trouver la meilleure campagne publicitaire pour des produits affreux. C'est juste pour s'amuser, tu vois, pour renforcer nos réflexes créatifs et rire un peu. C'est l'ambiance que nous voulons ici.

— D'accord, ça a l'air sympa.

Elle lui donna quelques-unes de ses idées, comme un coin photo avec un iPad, des panneaux amusants et des arrière-plans. Les photos pouvaient ensuite être encadrées et gardées. Elle suggéra un bar à banana-splits, et des tatouages temporaires de flèches rouges pour montrer l'esprit d'équipe, puisque c'était le logo de leur entreprise.

— Merveilleux, déclara Nate. Tu as une attitude sympa et quelques idées très créatives étant donné le budget. As-tu déjà songé à travailler dans le marketing ?

— Non, pas vraiment, dit-elle, surprise. Je n'ai pas d'expérience dans le domaine.

— Nous aimons avoir des gens de tous horizons. C'est ta créativité qui rend ton profil intéressant.

Elle écarquilla les yeux.

— Où veux-tu en venir ?

Il se tapota le menton.

— Nous verrons comment se passe la fête, mais je pense que tu pourrais être un très bon atout dans notre équipe.

— Mais je n'y connais absolument rien en marketing.

— Tu t'y habituerais vite.

Elle arrivait à peine à croire qu'elle ait si vite obtenu une proposition d'embauche.

— C'est très généreux de ta part, Nate, mais j'aimerais vraiment être organisatrice événementielle.

Il sourit.

— Alors, nous allons te trouver un peu plus de travail dans ce domaine. J'ai travaillé dans la plus grosse agence publicitaire de la ville, McCann-Thomas. Je pourrais leur donner ton nom. Tant que la fête se déroule bien.

Il lui fit un clin d'œil.

— Merci. Et je suis certaine que ça se passera bien. La fête se fera-t-elle ici, ou souhaites-tu l'organiser à l'extérieur ?

C'était sa plus grande inquiétude étant donné le peu de temps dont elle disposait.

Il écarta les bras.

— Nous la tiendrons ici. Il y a beaucoup de place. Je demanderai à quelques hommes de déplacer les postes de travail.

Elle sourit, ravie de voir que tout se passait avec facilité.

— Ça marche.

— Juste une chose.

Elle sortit son téléphone, prête à noter ses remarques.

— Quoi donc ?

Il répondit d'une voix dure :

— Reste loin de Marcus Shepard.

Elle leva brusquement la tête.

— Plus de contact à partir de maintenant, ordonna Nate. Tu ne travailles pas pour lui. Tu ne le laisses pas t'approcher.

Elle eut chaud, puis froid.

— Quel est le rapport avec Marcus ?

— C'est simple, Lexi. Reste loin de Marcus et tu pourras avoir ce job ainsi que ma recommandation auprès de McCann-Thomas.

— Et si je ne m'éloigne pas de lui ?

Son visage devint orageux, ses yeux bleus se durcirent et il dit sèchement :

— Alors toutes ces bonnes choses n'auront pas lieu.

Elle eut la chair de poule sur les bras.

— Et y aura-t-il des conséquences néfastes ?

— J'en ai bien peur, si tu passes plus de temps avec lui. Je dis ça pour ta propre sécurité.

— Pourquoi ? chuchota-t-elle.

Il se pencha au-dessus du bureau.

— Il a presque détruit ma sœur. Elle s'appelait Grace.

— *S'appelait* ? chuchota-t-elle, horrifiée.

Il se redressa.

— C'était vraiment malsain. D'abord il lui dit qu'ils peuvent fréquenter d'autres personnes, mais il lui donne l'impression qu'elle est spéciale. Elle est amoureuse de lui et elle s'accroche, espérant qu'il arrête de fréquenter les deux autres femmes qu'il voit en même temps. Puis, il rompt enfin avec les deux autres. Elle est tellement enthousiaste, elle pense qu'il l'aime vraiment, et puis il la largue également.

Ce devait être quand il sortait avec trois femmes. Stupide Marcus. Bien sûr que les femmes se sentent spéciales. Il les traite bien. Enfin, en dehors de cette histoire de plusieurs femmes en même temps.

— Tu as dit que son nom *était* Grace ? Est-elle, euh, toujours en vie ?

Lexi croyait qu'elle avait seulement fait une tentative de suicide.

Il serra la mâchoire.

— Elle a essayé de se tuer.

— Va-t-elle bien maintenant ? insista Lexi.

Il frappa le bureau de la main, la faisant sursauter.

— Tout est de sa faute. Elle a changé de nom et elle a déménagé en Thaïlande. Aux dernières nouvelles, elle vivait dans une ferme. Ma famille l'a perdue. Il a détruit une jeune fille adorable qui lui faisait confiance.

— Je suis vraiment désolée.

— Tu n'as pas à être désolée. C'est de sa faute. Pour ton propre bien, ne t'approche pas de lui.

Elle le fixa, partagée entre l'horreur et la compassion.

— Nate, suis-je ici parce que tu souhaites que je planifie ta fête ou parce que tu veux m'éloigner de Marcus ?

— Les deux, répondit-il froidement. Maintenant, tu as un choix à faire. Pour ton bien, j'espère que tu feras le bon. C'est Marcus ou moi.

14

Plus tard dans la journée, Lexi retourna chez elle, étourdie par tout ce qu'elle avait à faire. Elle avait appelé Nate dans le train et elle avait accepté son travail. Elle y était obligée, n'ayant pas d'autre travail. Ce n'était qu'un seul événement. Elle n'avait fait aucune promesse concernant Marcus et franchement, elle ne savait pas quoi penser. Elle s'était assez calmée pour croire que Marcus était innocent lors du baiser avec Ellie, mais elle était hantée par cette nouvelle au sujet de Grace. Avait-il gâché la vie d'une jeune fille, ou cette fille avait-elle été mentalement instable pour commencer ? Savait-il que Grace avait mal fini ?

Ce travail prenait fin vendredi, puis avec un peu de chance, elle aurait une belle recommandation auprès d'une entreprise à gros budget, et elle pourrait se lancer à partir de là. De toute façon, comment Nate pouvait-il le découvrir si elle continuait à fréquenter Marcus ?

Avait-elle *envie* de voir Marcus ?

Elle pensa à sa mère, Lia. Elles étaient devenues amies. Et même si ça ne fonctionnait pas entre Marcus et elle, elle voulait que Lia sache qu'elle restait disponible pour elle si elle avait besoin de quoi que ce soit. Jusqu'ici, Lia n'avait pas fait de progrès, elle n'avait même pas appelé la psychiatre, mais Lexi savait comme le soutien et les encouragements étaient importants pour une personne aux prises avec l'agoraphobie. Elle l'appela juste pour avoir des nouvelles.

— Comment allez-vous ? demanda-t-elle.

— Quelque chose ne va pas avec Marcus, dit sa mère en allant droit au but. Tout se passe bien entre vous deux ?

— Je ne sais pas. C'est un peu compliqué, mais je voulais vous faire savoir que je suis là si vous avez besoin de quoi que ce soit. Je veux dire, si Marcus est en ville ou occupé.

— Je l'ai vu tout à l'heure et il m'a à peine dit deux mots. Il souffre, Lexi.

Elle eut la gorge serrée. Ils souffraient tous les deux, mais elle ne voulait pas en parler avec la mère de l'intéressé, ce qui la poussa à lâcher :

— La fête de Mardi Gras s'est tellement bien passée que j'ai eu un autre travail pour vendredi. J'ai besoin d'une assistante, et vous êtes la première personne à laquelle j'ai pensé.

— Oh, Lexi, je suis ravie pour toi. J'aimerais beaucoup t'aider, mais c'est tellement soudain.

À vrai dire, ce n'était pas une si mauvaise idée. Cela aiderait peut-être Lia à faire un tout petit pas en avant.

— Je ne vis pas loin de chez vous et je pourrais conduire pour les allers-retours.

— Oh, merci, mais… je vais devoir refuser cette fois.

— Eh bien, si vous avez envie de passer pour le déjeuner ou autre chose, n'hésitez pas. Je vais travailler à la maison et j'aimerais beaucoup avoir de la compagnie. Je vais vous envoyer l'adresse par texto. Ou bien je pourrais passer vous prendre, aucun problème.

— Merci. Marcus a de la chance d'être avec toi.

La discrète question maternelle resta en suspens : *es-tu encore avec Marcus ?* Elle déglutit.

— Mmm mmm. Bon, je ferais mieux de raccrocher. Je vais appeler quelques anciens collègues. J'ai simplement besoin d'un peu d'aide pour la préparation.

— J'aimerais tellement pouvoir t'aider.

— Aucun souci. Peut-être une autre fois.

— Oui. Une autre fois, dit-elle doucement. Au revoir.

Lexi raccrocha et elle envoya un texto à Lia avec son

adresse et un lien vers un service local de taxis si elle ne se sentait pas de conduire. Voilà. Elle pouvait au moins se sentir bien d'avoir été encourageante et d'apporter son soutien à une femme qui en avait besoin.

Elle ne prit pas la peine d'appeler quelqu'un d'autre pour lui servir d'assistante. C'était une invitation impulsive servant à détourner l'attention de la situation avec Marcus. Elle allait s'en sortir seule et elle embaucherait quelqu'un si elle obtenait un travail plus important. Elle sortit son ordinateur portable et installa un système de facturation en ligne lié à un logiciel de comptabilité. Ensuite, elle chercha où elle pouvait récupérer les accessoires pour la fête le plus près possible de Red Arrow Marketing et de chez elle, essayant de tout planifier en un minimum de trajets. Ses recherches en ligne la jetèrent dans le puits sans fond des jeux de team building amusants et créatifs. Quand c'était possible, elle aimait avoir des idées supplémentaires pour les soirées au cas où quelque chose rate.

Lorsqu'elle leva la tête de son ordinateur, il faisait nuit dehors. Quelle heure était-il ? Waouh. Dix-neuf heures passées. Elle s'était vraiment plongée dans son travail. Elle devait se trouver quelque chose à manger.

La sonnette retentit. Son cerveau passa du mode travail au mode panique. Marcus. C'était obligé. Personne ne passait plus à l'improviste. Elle regarda par le judas. Oui. Elle pinça les lèvres et elle eut un souvenir douloureux de sa blessure à la lèvre de la veille. N'était-ce que vingt-quatre heures auparavant qu'elle l'avait vu embrasser une autre femme ? Que quelques heures depuis qu'elle avait appris les dégâts qu'il avait causés auprès d'une jeune femme ?

Elle ouvrit la porte.

— Salut.

Il portait sa tenue préférée de dur sexy : une veste en cuir noir, un jean et des chaussures de chantier noires. Pourtant, elle devait prendre ses distances.

— Salut, Lex, as-tu déjà mangé ?

— Non. Je songeais justement à sortir chercher quelque chose.

Il montra le couloir avec le pouce.

— Sortons. On va où tu veux.

— À vrai dire, j'avais envie de rester dedans.

— On va choisir quelque chose à emporter.

Il claqua ses mains ensemble et il les frotta l'une contre l'autre.

— De quoi as-tu envie ?

Elle l'observa. Il semblait nerveux, sans doute à cause de la dernière fois qu'ils s'étaient parlé.

— Lex, puis-je entrer s'il te plaît ? Nous devons discuter.

Elle fit un pas en arrière, se forçant à garder l'esprit ouvert malgré toutes ses inquiétudes.

Il entra et il se mit à parler à toute vitesse avec de grands gestes des bras.

— Je sais que l'infidélité est un sujet difficile pour toi, et je sais de quoi ça avait l'air avec Ellie, alors je suppose que la bonne chose à faire pour moi, c'est de ne pas être amical avec les femmes du tout. Est-ce que ça arrangerait les choses ? Plus de chérie, plus de mon ange, plus de sourire, plus de flirt.

Maintenant, c'était elle qui se sentait mal. Il essayait de se transformer en ce qu'il pensait qu'elle voulait. Qu'avait dit Hailey ? Que les relations qui fonctionnent sont celles où les membres du couple s'acceptent tels qu'ils sont. Si elle ne pouvait pas accepter Marcus comme quelqu'un qui flirtait amicalement, alors elle ne devait certainement pas être avec lui du tout.

— Marcus, tu n'es pas obligé de changer pour moi.

Il écarquilla les yeux.

— Vraiment ? Alors tout va bien entre nous ?

— Je ne suis pas certaine que nous allions bien ensemble. Tu dois être toi-même. Et moi, je suis une femme qui ne supporte pas facilement un comportement semblant impliquer mon petit ami avec une autre femme, même s'il ne me trompe pas réellement. Ça me met simplement très mal à l'aise.

— Lex, bébé…

— Pas de bébé, s'il te plaît.

— Je peux changer…

— Tu ne devrais pas en avoir besoin. C'est ce que je veux dire.

Il jeta les bras en l'air.

— Où en sommes-nous, dans ce cas ?

Elle inspira profondément. Elle n'ouvrait pas facilement son cœur et il lui fallait du temps avant de pouvoir le refaire. Elle avait simplement besoin de temps. Puis elle se rappela l'avertissement de Nate.

— Te souviens-tu avoir fréquenté quelqu'un du nom de Grace ?

Il s'immobilisa.

— Oui, je me souviens de Gracie. Pourquoi ?

— C'est la sœur de Nate. Elle a essayé de se suicider après que tu aies rompu avec elle.

Il laissa échapper un souffle.

— Elle va bien ?

— Nate dit qu'elle a quitté le pays, changé de nom, et qu'elle n'a pas contacté sa famille depuis.

Il passa la main dans ses cheveux.

— Et il m'en veut.

— Il dit qu'elle t'aimait.

Il fronça les sourcils.

— Ah bon ? Elle ne me l'a jamais dit. Elle m'a raconté qu'elle fréquentait un de ses collègues pendant que nous sortions ensemble.

— Elle l'a peut-être juste dit comme ça. D'après Nate, elle espérait que tu la choisisses à la fin, et quand ça n'a pas été le cas, elle a perdu les pédales.

Il fronça les sourcils.

— Bon sang. Je n'étais pas au courant. Franchement, je n'aurais jamais deviné qu'elle souffrait. Gracie était toujours souriante, toujours heureuse.

— Parce qu'elle était amoureuse de toi.

Il fronça les sourcils.

— Alors, maintenant tu m'en veux aussi ?

— Je pense simplement que tu n'as pas conscience des signes ambigus que tu émets : tu donnes l'impression aux femmes qu'elles sont spéciales alors que tu n'as pas de sentiments pour elles.

Il se renfrogna.

— Nate t'a retournée contre moi.

Il pinça les lèvres avant d'ajouter :

— Et maintenant, c'est terminé pour nous ?

Elle soupira.

— Peux-tu juste me laisser un peu de…

— Temps, termina-t-il pour elle. Bien sûr. Prends tout le temps qu'il te faut. Je me casse.

Il sortit à grands pas et claqua la porte derrière lui.

Marcus entra dans son appartement et claqua encore la porte, furieux contre Lexi qui s'était retournée contre lui à cause de Nate. Elle ne voyait que le pire en lui. Elle voulait voir le pire parce qu'elle n'aimait pas les hommes. C'était ce qu'il avait pensé la première fois qu'il l'avait rencontrée. Avait-il besoin de plus de preuves ? Après tout ce qu'ils avaient partagé…

Non. Il n'allait pas attendre qu'elle décide enfin ce qu'elle voulait. C'était lui qui allait rompre. Il eut soudain du mal à respirer. *Calme-toi, putain. Réfléchis.* Les faits. Il avait besoin de faits. Premièrement…

Son téléphone sonna. Il ne reconnut pas le numéro, mais un sixième sens lui intima de répondre.

— Allô ?

Une voix de femme demanda :

— Êtes-vous Marcus Shepard ?

— Oui. Qui est-ce ?

— Jen Moore. Je suis celle qui a trouvé votre mère effondrée sur le trottoir. Nous sommes aux urgences de l'hôpital d'Eastman. Elle est consciente maintenant, et elle vous réclame. Les médecins pensent qu'elle a peut-être une commotion cérébrale. C'est tout ce que nous savons pour l'instant.

Il se sentit un instant figé par la terreur avant de passer à l'action.

— Je suis en route.

Il quitta l'appartement et courut dans le couloir. Que faisait sa mère dehors toute seule ? Elle aurait dû l'appeler si elle voulait tenter sa première sortie depuis des mois. Elle avait une maladie sérieuse. Mais où avait-elle la tête ?

Lexi sortit dans le couloir.

— Marcus, je…

— Pas maintenant. Ma mère est à l'hôpital.

Il passa devant elle et descendit les marches à toute vitesse.

— Attends ! l'appela-t-elle derrière lui. Laisse-moi mettre mes chaussures et je t'accompagne.

Il l'ignora, courant le plus vite possible jusqu'à sa voiture. Il monta, démarra et sortit à toute vitesse du parking. Il ne devait rien arriver à sa mère. Ils avaient toujours été tous les deux contre le reste du monde. Il n'avait pas été là pour la protéger. À la place, il avait mené un combat perdu d'avance avec Lexi, qui s'était retournée contre lui. Il était évident qu'elle ne l'aimait pas. Sinon, elle l'aurait écouté, elle aurait pris sa défense.

Il frotta ses yeux brûlants. Merde. Il ne devait pas penser à Lexi.

Il dépassa toutes les limites de vitesse, fit vrombir sa voiture dans le parking de l'hôpital et se gara. Ensuite il traversa le parking en courant, puis la salle des urgences bondée jusqu'au bureau d'accueil.

— Je dois voir Lia Shepard tout de suite. Je suis son fils.

La réceptionniste mit bien trop longtemps à vérifier les informations et à l'inscrire. Enfin, il eut le droit de retourner dans la salle des urgences remplie de personnes allongées sur des brancards et des lits d'hôpital et entourées de rideaux blancs pour avoir un peu d'intimité.

Il la trouva dans un lit près du fond. Elle avait l'air fragile et comme passée à tabac. Le rideau n'était qu'à moitié tiré autour de son lit. Elle avait les yeux fermés. Son œil droit était noir et bleu et tout gonflé, sa joue était tuméfiée et égratignée, et elle avait une coupure à la lèvre.

— Maman, je suis là.

Elle ouvrit un œil, l'autre étant si gonflé qu'il resta fermé. C'était horrible à voir.

— Marcus, chuchota-t-elle.

Une jeune femme en tee-shirt et legging assise sur une chaise à côté de sa mère s'adressa à lui :

— Bonjour, Marcus, je suis Jen, celle qui vous a appelé. Vous êtes arrivé très vite.

Il hocha la tête.

— Merci de l'avoir accompagnée ici. C'est très gentil.

— Bien sûr. Nous attendons que le médecin revienne pour voir si elle a besoin de faire quelques examens.

Il regarda sa mère, l'estomac retourné.

— D'accord.

Il jeta un rapide coup d'œil à Jen.

— Je m'en occupe, maintenant.

Jen se leva et toucha le bras de sa mère.

— Remettez-vous bien, Lia.

— Merci, dit doucement sa mère.

Quand Jen fut partie, il ferma entièrement le rideau, même s'il y avait beaucoup de patients très proches et qu'il n'y avait pas de véritable intimité.

Il approcha la chaise, s'installa et prit la main de sa mère entre les siennes.

— Qu'est-il arrivé ?

Elle répondit d'une voix douce et chuchotante, comme si elle essayait de disparaître en elle-même :

— Je veux rentrer à la maison.

— Qu'a dit le docteur ?

Elle remonta la couverture jusqu'à son menton et chuchota encore. Il dut se pencher pour distinguer les mots.

— J'ai peut-être une commotion cérébrale, chuchota-t-elle. Ils ont parlé d'une radio au cas où je me serais cassé la pommette.

— Comment est-ce arrivé ?

— C'est tellement bruyant ici, Marcus. Les lumières sont trop vives. Peux-tu me ramener à la maison ?

— Laisse-moi vérifier ça auprès du médecin.

Il se leva pour partir, et elle lui saisit le bras.

— Ne me laisse pas seule.

Elle regarda nerveusement autour d'elle.

Il se rassit, le cœur serré. Elle devait être folle d'angoisse après avoir passé les deux derniers mois et demi enfermée en sécurité dans sa petite maison. Il ramena les cheveux de sa mère en arrière et l'embrassa sur le front.

— Dès que j'aurai parlé au médecin, je saurai quand tu pourras sortir d'ici.

Il attrapa son téléphone et ouvrit l'application d'un jeu de solitaire.

— Concentre-toi là-dessus. Cela t'aidera à rester calme.

Elle commença à jouer, ses doigts serrant le téléphone avec tant de force qu'ils blanchirent.

Il partit à la recherche d'un médecin. Une infirmière lui fit savoir qu'il arriverait bientôt. Ça n'était pas suffisant. Pour obtenir des réponses, il traversa méthodiquement le service à la recherche de la personne qui avait admis sa mère. Il trouva enfin la bonne infirmière et apprit toute l'histoire. Sa mère avait essayé de faire le tour du pâté de maisons. Elle avait eu une crise de panique sur le perron et elle était tombée sur les marches à cause du tournis. Une joggeuse qui passait, Jen, l'avait trouvée ainsi, ensanglantée et sans connaissance, et elle avait appelé une ambulance. Jen avait été assez gentille pour rester avec elle. Sa mère s'était renfermée, chuchotant ses réponses aux questions des secours et les suppliant d'appeler Marcus afin de pouvoir retourner chez elle.

Pourquoi ne l'avait-elle pas appelé pour sa première sortie ? Il vivait volontairement près de chez elle pendant la moitié de la semaine, c'était juste pour elle. Pourquoi ne le laissait-elle pas être présent pour elle ? Il ne suffisait pas. Son amour n'était pas suffisant.

Sa mère ne le laissait pas régler les choses.

Lexi non plus.

Il était plus qu'énervé. Il en avait terminé avec tout ça. À quoi lui servait-il d'essayer alors qu'il n'arrivait à rien ?

Il retourna vers sa mère qui tremblait, claquant des dents malgré la couverture.

— Il fait tellement froid ici, chuchota-t-elle.

Il ne faisait pas froid. Elle avait peur. Cela lui brisa le cœur. Il retira sa veste en cuir et il la posa sur elle comme une couverture.

Elle se détendit un peu.

— J'ai voulu être courageuse. Lexi m'a invitée à lui rendre visite quand je voulais. Elle m'a même proposé un travail.

Sa voix se brisa en continuant :

— J'ai essayé de faire un petit premier pas pour sortir, mais je n'ai pas réussi.

Quoi ? Il s'assit à côté d'elle et lui parla aussi calmement que possible.

— C'est à cause de Lexi ?

— Nous sommes amies, et je pense qu'elle avait vraiment besoin de moi pour l'aider avec ce nouveau travail. Elle a dit que j'étais la première personne à laquelle elle avait pensé. Elle savait que j'étais une secrétaire avec de l'expérience, et nous nous entendons si bien.

C'était de la faute de Lexi. Elle aurait d'abord dû lui parler de son idée. Il aurait pu lui dire que sa mère n'était pas prête à sortir. Au minimum, Lexi aurait dû être avec sa mère quand elle sortait pour la première fois.

— Tu as été très courageuse, dit-il à sa mère. On commence par de tout petits pas. C'est pour cela que je voulais que tu appelles ce docteur spécialisé dans les problèmes comme le tien. Tu commences par des séances au téléphone, avant de travailler pour progresser.

— Mais je ne connais pas ce docteur. Je connais Lexi.

Il grinça des dents, de plus en plus fâché contre Lexi à chaque mot qui sortait de la bouche de sa mère.

— Quel était ton plan ? Tu allais faire le tour du pâté de maisons, et ensuite ?

— Je pensais me rendre en voiture à son appartement pour le déjeuner, demain. Elle travaille chez elle.

Il ferma les yeux un instant. L'idée de sa mère au volant qui risquait une crise d'angoisse puis un accident était terrifiante. Cela faisait des mois qu'elle n'avait pas conduit. Il se pencha tout près, parlant d'une voix urgente :

— Maman, s'il te plaît, contacte-moi si tu es à nouveau

prête à sortir. Je peux te conduire, marcher avec toi, tout ce dont tu as besoin.

— Je ne voulais pas te déranger. Tu es tellement occupé.

Il se redressa.

— Je t'ai dit que je vivais ici pendant la moitié de la semaine. Je me suis rendu disponible pour toi.

— Lexi dit que tu vis sur le même palier qu'elle. Je sais qu'elle est la véritable raison pour laquelle tu as emménagé ici à mi-temps. Ce n'est pas grave. Je suis ravie. J'espère être en état de danser à la fête quand vous vous marierez.

C'était une grosse supposition, mais sa mère avait toujours voulu qu'il se case. Il se dit que Lexi était à la fois la cause et la solution du problème de Lia. Lexi lui avait donné une raison de quitter la maison, même si elle s'y était très mal prise. Que devait-il faire maintenant? Lexi en avait terminé avec lui, et la réciproque était peut-être vraie aussi. Il n'avait pas besoin de ce genre d'agacement. Elle avait vraiment perturbé sa mère.

— Peux-tu me trouver du paracétamol? chuchota Lia. J'ai tellement mal à la tête.

Merde. Et si elle avait une blessure à la tête? Elle s'était cognée avec assez de force pour perdre connaissance. Personne ne savait combien de temps sa mère chérie était restée allongée sur le trottoir froid, couverte de sang et d'hématomes.

— Je m'en charge, grogna-t-il.

Puis il se leva, ouvrit le rideau et fit un scandale pour qu'un médecin vienne l'examiner rapidement.

Deux heures plus tard, il put enfin la faire sortir de l'hôpital avec une liste de symptômes de commotion qu'il fallait surveiller. Le médecin pensait que tout allait bien, qu'il n'y avait rien de grave. Sauf que chaque fois que Marcus regardait le visage tuméfié de sa mère, son œil gonflé, et sa lèvre coupée, il avait envie de hurler.

Les infirmières installèrent sa mère dans un fauteuil roulant – c'était la règle de l'hôpital – et il la poussa à travers la salle d'attente bondée des urgences.

— Marcus! appela quelqu'un.

Il se tourna et il vit Lexi se précipiter vers eux. Il se renfrogna. Elle n'avait aucun droit d'être là. Tout était de sa faute.

— Est-ce que ça va ? demanda Lexi à Lia.

— J'ai mal à la tête, mais sinon ça va, répondit Lia en parlant d'une voix normale. J'ai simplement besoin de rentrer à la maison.

Avec lui, sa mère chuchotait tout le temps, mais avec Lexi, elle faisait réellement un effort. Qu'est-ce que ça signifiait ?

— Je vous accompagne, dit Lexi. Je vous aiderai à vous installer à la maison.

Elle se redressa et le regarda.

— D'accord ?

Il serra les dents.

— Rentre chez toi, Lexi. Je gère.

— Marcus, le gronda sa mère.

Il ignora le reproche et il poussa le fauteuil roulant, dépassa Lexi et sortit de l'hôpital.

Sa mère se tourna sur son fauteuil, essayant d'apercevoir Lexi.

— Fais demi-tour et va t'excuser, ordonna-t-elle.

— Non.

Lexi apparut à côté de lui, légèrement essoufflée.

— Marcus, laisse-moi vous aider, s'il te plaît. Je tiens à elle.

Il ne pouvait pas crier contre elle comme il en avait envie devant sa mère, mais tout ce qu'il voulait, c'était qu'elle parte. Il jeta un regard noir à Lexi et lui dit d'un ton monocorde :

— Laisse-moi te faciliter les choses. Nous n'allons pas bien ensemble, ça n'a jamais été le cas, et maintenant c'est terminé.

Elle laissa échapper un petit cri de surprise. Sa mère peut-être aussi, car il y eut beaucoup de bruit.

Il poussa sa mère jusqu'à la voiture, laissant Lexi sur le trottoir, qui les regardait partir.

Et puis merde. Il en avait fini avec Lexi.

15

Lexi laissa une journée à Marcus pour qu'il se calme, puis vendredi matin, elle essaya de le contacter. Elle voulait vraiment régler les choses avant de devoir partir en ville pour la fête de Red Arrow Marketing. Elle était certaine qu'il avait dû rester sur place, vu que sa mère venait de sortir de l'hôpital.

Marcus ne lui facilitait pas les choses : il ne répondait pas à ses appels, il ignorait ses textos, et il n'ouvrait pas la porte de son appartement. Elle décida enfin de rendre visite à Lia. Marcus était peut-être là-bas et même s'il n'y était pas, elle voulait voir comment allait sa mère.

Elle appuya sur la sonnette de la maison de Lia. La porte s'ouvrit sur Marcus qui lui jeta un regard assassin. Il avait les yeux cernés et sa barbe naissante faisait une ombre sur son visage. Il était clairement inquiet pour sa mère, et n'avait sûrement pas beaucoup dormi.

— Salut, dit-elle. Je voulais voir comment elle va et j'espérais te parler.

— Elle dort et je ne veux plus te parler.

Il était plus de dix heures. Lia ne devait pas aller bien.

— Marcus, allez, ne me chasse pas.

Il sortit sous le petit porche en la regardant sombrement.

— C'est de ta faute si elle a atterri à l'hôpital.

Elle inspira brusquement.

— En quoi est-ce ma faute ?

— Elle dit que tu l'as invitée et que tu lui as proposé un travail, alors elle a essayé de sortir toute seule parce qu'elle voulait te rendre visite. Puis elle a eu une crise de panique sur le porche et elle est tombée dans les escaliers.

Il croisa les bras.

— Elle aurait pu avoir une commotion cérébrale.

— Je n'en avais aucune idée. Je l'aurais aidée. Je lui ai donné le numéro d'un service de taxi et je lui ai proposé de la conduire. Je pensais que venir chez moi serait une étape facile pour retourner dans le monde.

— Elle n'a pas eu une seule séance avec un psy.

— Je sais, dit-elle doucement.

Elle avait encouragé Lia chaque semaine à appeler une psychiatre.

Marcus lui jeta un regard noir.

— Alors elle est soudain censée être guérie, juste parce que tu l'attires égoïstement dehors ?

Elle essaya de garder une voix calme, sachant que l'agressivité de Marcus venait de son inquiétude pour sa mère.

— J'essayais seulement de l'aider.

Ses yeux se durcirent et son visage resta de marbre :

— Elle n'a pas besoin de ton aide. Alors… ne viens plus ici. Elle ne fait pas partie de tes responsabilités.

— Marcus, je suis vraiment désolée pour ce qui s'est passé. Il n'y avait pas de mauvaises intentions de ma part. Sincèrement.

Il eut un rictus.

— Comme je l'ai appris avec toi, parfois les intentions importent peu. Ce qui compte, c'est le résultat. Maintenant elle est couverte d'hématomes, et elle a régressé. Elle pense que tout ceci était un signe lui indiquant qu'elle devait rester dedans.

Ça, c'était une excuse.

— Elle a besoin de l'aide d'un professionnel.

Il se tourna et rentra en fermant la porte derrière lui.

Elle fixa la porte. Et maintenant ?

Elle s'assit sur les marches du porche. Sa seule pensée était qu'elle devait présenter ses excuses à Lia. Elle n'avait pas voulu lui causer du tort. Elle voulait être sûre que ce soit compris. Elle pouvait sans doute écrire un mot, mais Marcus le donnerait-il à sa mère ? Il risquait de le jeter à la poubelle. Si elle attendait un peu, Lia se réveillerait peut-être, puis elle pourrait lui envoyer un texto pour lui faire savoir qu'elle était là ?

La porte s'ouvrit soudain et Marcus aboya :

— Va-t'en !

Elle sursauta, le cœur battant.

— C'est quoi ton problème ? Je me suis excusée.

Il serra la mâchoire.

— Les excuses, ça ne veut rien dire.

Il parlait d'une voix dure, mais ses yeux sombres trahissaient sa douleur. Il souffrait pour sa mère et sans doute aussi à cause de Lexi.

Elle se leva et inspira profondément.

— Je suis vraiment désolée pour ta mère. Et je… je veux arranger les choses avec toi. Je pense que si nous pouvions parler, éclaircir les choses…

Elle se tut en voyant l'expression de son visage : impassible, fermé. Elle déglutit et elle invoqua tout son courage pour mettre son cœur à nu.

— Marcus, je t'aime.

— L'amour ne suffit pas, marmonna-t-il. Pas ton amour et certainement pas le mien. Ce sont des mots futiles.

Il retourna dans la maison.

Elle resta bouche bée. Mille poignards n'auraient pas pu la faire souffrir davantage que ces mots. Elle tourna les talons, les larmes brouillant sa vue, et elle se précipita vers sa voiture. Ses yeux brûlaient, sa poitrine était serrée, et elle avait froid, si froid.

Elle s'assit sur le siège conducteur, posa la tête sur ses bras appuyés au volant et se mit à pleurer. Le temps sembla ralentir pendant que les sanglots secouaient son corps, son cœur se brisant, un désespoir terrible la submergeant. Il s'était retourné contre elle. L'unique homme pour lequel elle avait risqué d'ouvrir complètement son cœur. Parti.

Finalement, il ne lui restait plus rien. Plus de larmes, plus d'énergie, plus de cœur.

~

Quelque part entre sa crise de larmes et son trajet en ville pour l'animation de Red Arrow Marketing, Lexi épuisa ses dernières réserves de cran et elle se dit qu'il devait y avoir une solution au problème avec Marcus. Elle était du genre à résoudre les problèmes. Il lui suffisait de trouver un moyen de se faire entendre par lui. Ce minuscule espoir était la seule chose qui lui permettait de continuer.

La fête se déroula très bien. Essentiellement parce que c'était une fête pleine de personnes créatives qui cherchaient à se détendre à la fin de la semaine. Ils étaient également gonflés à bloc par l'anniversaire de leur entreprise. Il y eut un incident gênant quand elle surprit accidentellement la directrice financière faisant une pipe à un homme dans les toilettes pour hommes, mais Lexi avait géré cela de façon très professionnelle, même si ce n'était que son opinion.

Les symboles sur les portes des toilettes n'avaient pas été clairs, sinon Lexi ne se serait jamais aventurée dans les toilettes pour hommes. Sur une porte était représentée une licorne, alors que l'autre affichait un bonhomme en bâtonnets portant une cape. Elle avait supposé que la corne de la licorne était un symbole phallique et que l'autre était sans doute Wonder Woman. Grosse erreur tactique. La directrice financière, Gina, se rapprocha plus tard de Lexi et demanda sa discrétion. Lexi jura avec ferveur qu'elle pouvait compter dessus. Elle n'avait jamais été du genre à répandre les ragots. Et puis, c'était une fête. Ce qui se passait derrière des portes fermées entre deux adultes consentants ne la regardait pas, et elle fit bien attention à le faire comprendre à Gina.

À la fin de la soirée, elle passa devant le bureau de Nate.

— Salut, Nate, où aimerais-tu que je range les décorations ? Tu pourras sans doute les utiliser pour une autre fête.

Les décorations consistaient essentiellement en de grandes

flèches rouges plastifiées sur les murs et des serpentins métalliques brillants accrochés au plafond.

Il sourit.

— Laisse-les en place. C'est festif.

— D'accord. Bon, j'ai rangé la nourriture et les boissons. Les restes sont dans le frigo des employés.

— Excellent. Je suis très content de ton travail.

Elle sourit chaleureusement.

— Merci beaucoup. C'était un plaisir de travailler avec toi.

Il sortit une enveloppe du tiroir de son bureau et la lui tendit.

— Voilà pour toi.

Elle tendit la main, mais il ne lâcha pas l'enveloppe. Elle lui jeta un regard interrogateur.

Ses yeux bleus semblèrent la transpercer.

— Aimerais-tu dîner avec moi ce soir ?

Elle se raidit, certaine que la seule raison pour laquelle Nate lui demandait de sortir était pour se venger de Marcus. Nate avait été agréable avec elle pendant la fête, mais elle n'avait pas du tout eu l'impression qu'il s'intéressait à elle. En outre, il semblait un peu instable.

Elle tira sur l'enveloppe et il la lâcha. Elle la rangea dans son petit sac.

— Merci, mais je suis avec quelqu'un.

En tout cas, elle voulait être avec Marcus.

Nate apparut soudain à côté d'elle, la surprenant par sa vitesse.

— Marcus ? cracha-t-il.

Elle recula d'un pas.

— Oui.

Il la saisit par les bras.

— Tu m'as provoqué ! Je t'ai dit que c'était lui ou moi !

Elle essaya de s'extraire de son emprise, mais il la tenait fermement.

— Lâche-moi !

Il la relâcha et passa les deux mains dans ses cheveux.

— Ne sais-tu pas ce qu'il va te faire ? Il va te détruire, tout comme il a détruit Grace.

— Nate, écoute-moi. Marcus se sent très mal pour ce qui est arrivé. Il pensait vraiment que Grace allait bien. Elle lui avait dit qu'elle fréquentait un autre homme en même temps.

Il s'appuya sur son bureau, les épaules courbées.

— Ce type, c'était moi.

— Quoi ? Je pensais que tu étais son frère.

— Son demi-frère.

Ses yeux bleus s'illuminèrent.

— Je l'aime.

Lexi eut le tournis en rassemblant les éléments du puzzle. Grace devait avoir un nom de famille différent de Nate, ce qui expliquait que Marcus n'ait pas fait le lien. Eh bien, c'était vraiment malsain. Elle ne savait pas du tout quoi dire, alors elle se tourna pour partir.

Nate l'appela :

— Tu peux oublier ta recommandation à McCann-Thomas. Je ne peux pas recommander quelqu'un qui fréquente ce monstre.

Elle retint ce qu'elle avait envie de dire « *C'est toi le monstre qui baise sa demi-sœur* », et elle choisit le bien plus professionnel :

— Je suis désolée de l'entendre.

Elle sortit à toute vitesse. Comme si la recommandation de Nate valait quelque chose. Il était évident qu'il avait des problèmes.

Elle jaillit de l'immeuble dans l'air frais du début de soirée et elle longea rapidement le trottoir. Elle se repassa mentalement toute la soirée, particulièrement ses interactions avec Nate, et elle dut conclure qu'il n'y avait pas eu d'autres signes évidents que quelque chose n'allait pas chez lui. Pas avant la fin. Elle ne pouvait pas être prise en défaut pour avoir choisi de travailler avec lui, mais elle ne recommencerait certainement pas.

Quand elle prit son train, elle n'avait plus qu'une seule chose en tête : joindre Marcus. Elle l'aimait. Il n'était pas parfait, il se plantait parfois, mais elle aussi. Comme tout le monde. L'important était qu'il avait essayé de rectifier le tir, qu'il avait vraiment essayé de faire des efforts pour elle et de tout réparer. Les trois derniers jours de dispute avec Marcus avaient été difficiles. Il était tout ce qu'elle voulait chez un homme et qu'elle ne pensait pas trouver un jour : honnête, généreux, gentil, aimant, intelligent, sexy, drôle. Ses yeux se mirent à brûler et la boule dans sa gorge devint douloureuse. Elle renifla et regarda par la vitre pendant que le train filait pour la ramener chez elle, floutant le paysage familier de la ville.

Elle était certaine que Marcus séjournait toujours chez sa mère. Elle allait envoyer un texto à Lia avant de sonner, afin qu'elle soit prévenue de sa présence. Sa mère allait sûrement la laisser rentrer, même si Marcus ne le faisait pas. Elle prendrait des nouvelles de Lia, demanderait à Marcus de sortir pour une conversation privée, et puis elle viderait son sac en lui disant toutes les choses qu'elle aimait chez lui et qui faisaient de lui le meilleur homme qu'elle ait jamais rencontré. Elle allait faire en sorte qu'il comprenne la profondeur de ses sentiments. Il s'agissait d'un amour que l'on n'a qu'une fois dans une vie, et on ne pouvait pas simplement le rejeter. Elle essuya les larmes qui coulaient de ses yeux et respira pour se calmer. Elle espérait pouvoir sortir tous les mots avant de craquer. C'était si difficile de s'ouvrir, particulièrement après son rejet, mais elle devait atteindre le cœur de Marcus en dépassant sa souffrance.

Ses mots durs lui revinrent en tête : *L'amour ne suffit pas. Pas ton amour et certainement pas le mien.* Mais c'était faux. Leur amour méritait d'être sauvé.

Sauf s'il ne l'aimait pas en retour.

Était-ce ce qu'il avait voulu dire ? Elle croisa les bras, sa peau était moite, son estomac retourné. Il n'y avait qu'un moyen de le savoir.

Marcus retourna au travail vendredi soir, essentiellement parce que sa mère l'avait jeté de chez elle. Elle avait dit qu'elle ne supportait plus de le voir tourner en rond comme un animal en cage. Personne ne l'appréciait. Tout ce qu'il avait voulu, c'était s'occuper d'elle, et elle l'avait repoussé. Son amour n'était pas suffisant, jamais suffisant.

Ses employés l'évitèrent, en dehors d'Ellie, qu'il trouva dans son bureau et qui lui rapporta ce qu'il s'était passé pendant son absence. Il l'écouta, la remercia et la congédia.

Elle s'attarda près de la porte.

— Ça va, patron ?

— Non.

— Est-ce parce que j'ai merdé ? Si je suis le problème, je démissionne. Tu as fait tellement de choses pour moi ces dernières années. Je n'arrive pas à dormir la nuit en sachant que je t'ai causé du tort.

Il baissa la tête.

— Reste. Ce n'est pas toi.

— Alors quoi ?

Il releva la tête.

— Ma mère ne va pas bien, mais il n'y a rien que je puisse faire. Lexi et moi c'est terminé. Pas à cause de toi. Tout est merdique en ce moment.

Il eut la voix étranglée. Elle lui jeta un regard compatissant.

— Y a-t-il quelque chose que je peux faire pour t'aider ?

Il secoua la tête et sortit des papiers administratifs. Elle comprit le message et elle partit. Il relut quelques factures, une activité qui ne lui demandait pas d'effort particulier et qu'il pouvait faire dans son sommeil.

Son téléphone vibra. Il le sortit de sa poche et jeta un coup d'œil à l'écran. Lexi. C'était la troisième fois ce soir. Il refusa l'appel, posa le téléphone sur le bureau et y jeta un regard noir. Elle lui avait aussi envoyé des textos et il les avait ignorés. Ils n'avaient plus rien à se dire. Il avait merdé, elle avait merdé. Ils étaient incompatibles. Ce n'était la faute de personne, en réalité. Dès le début, l'arrangement avait été forcé : deux personnes qui jouaient à s'aimer. Il ne croyait pas une seule seconde que Lexi l'aimait vraiment. Si elle l'aimait vraiment, elle l'aurait cru quand il lui avait dit qu'il ne se passait rien avec Ellie. Elle aurait cru en son innocence concernant Gracie. Elle lui aurait fait confiance parce qu'elle l'adorait lui et seulement lui. Mais elle ne l'avait pas fait alors… merde.

Son téléphone vibra sur son bureau. Il jeta un coup d'œil à l'écran, irrité, et puis il eut le cœur au bord des lèvres, frappé par une intense panique. Il attrapa le téléphone.

— Maman, qu'est-ce qui ne va pas ? Je peux être chez toi dans quatre-vingt-dix minutes.

— Je vais bien. Lexi est ici avec moi. Maintenant, écoute-moi, ma chute sur le trottoir n'est *pas* de sa faute. Je ne veux pas que tu rompes avec elle juste parce qu'elle a été assez gentille pour m'inviter à déjeuner et à faire partie de son nouveau travail.

Il fixa le plafond en essayant de se calmer. Bon sang. Maintenant sa mère était du côté de Lexi ?

— Marcus ? demanda sa mère. As-tu entendu ce que j'ai dit ?

Inspire profondément, expire profondément.

— Si, c'est de sa faute. Tu n'étais pas prête à sortir et elle aurait dû me demander mon avis.

— La seule raison pour laquelle je n'étais pas prête, c'est parce que je n'étais pas à l'aise à l'idée de parler à un médecin que je ne connais pas. Je me sens mieux en parlant avec Lexi.

Elle baissa la voix en poursuivant :

— Elle m'a dit que tu te torturais à cause de moi, et que la moindre des choses que je puisse faire, c'est de te rejoindre à mi-chemin en parlant à ce médecin qui est très bien recommandé pour des gens comme moi.

Il laissa tomber sa tête dans sa main.

— Et l'as-tu fait ?

— Oui. Lexi et moi lui avons parlé ensemble, toutes les deux au téléphone. Nous avons eu une conversation agréable, et je pense que la prochaine fois, je pourrais parler toute seule avec le docteur Roberts.

Il eut les larmes aux yeux, tellement soulagé qu'il se sentit faible.

— C'est vraiment bon à entendre.

— Maintenant nous allons avoir une discussion, tous les trois. Lexi, décroche le téléphone à la cuisine.

Il se raidit sur sa chaise.

— Maman, c'est une conversation privée entre Lexi et moi.

La voix de Lexi lui parvint très clairement.

— Eh bien, ça le serait si tu voulais bien me parler.

— C'est sournois, maugréa-t-il.

— Tout à fait, répondit Lexi.

Lia intervint :

— Je l'aime beaucoup, Marcus. D'après moi, elle est parfaite.

Il leva les yeux au ciel, car sa mère ne pouvait pas le voir.

— Merci, Lia, dit Lexi affectueusement. Je vous aime beaucoup aussi.

Il se frotta la nuque.

— Dois-je vraiment faire partie de cette conversation ? On dirait que vous avez toutes les deux tout ce dont vous avez besoin.

Lexi continua sa conversation avec sa mère.

— Lia, saviez-vous que Marcus est une grande mauviette musclée tellement effrayée d'admettre qu'il m'aime qu'il préfère me repousser ? De façon très impolie, d'ailleurs. Ses mots exacts ont été « Va-t'en ! »

— Vraiment, Marcus, le réprimanda sa mère. Ne t'ai-je pas élevé dans la gentillesse ? Ce sont des mots durs, et les mots sont importants. Maintenant, excuse-toi auprès de Lexi.

Il grinça des dents.

— Je ne m'excuserai pas.

— Moi non plus, je ne suis pas désolée, dit Lexi. Pour rien du tout.

— Super, dit-il.

— Tu sais quoi, Lexi ? demanda sa mère.

— Quoi donc, Lia ?

— Je n'ai jamais, pas une seule fois, vu Marcus aussi heureux qu'il l'a été avec toi. C'est la vérité. Et la seule raison pour laquelle je suis si motivée à surmonter cette fichue agoraphobie, c'est parce que tu m'as dit que tu le trouvais merveilleux et que tu l'aimes. Je suis certaine qu'il y a un mariage dans votre avenir.

Marcus bondit de sa chaise.

— Quoi ?

Lexi parla alors à toute vitesse :

— Marcus, c'est très difficile pour moi de m'ouvrir, particulièrement avec une témoin, particulièrement après ton rejet, mais voilà. Tu es tout. Tu es…

Sa voix s'étrangla.

— Pardon, je-je…

Il serra le téléphone avec plus de force. L'émotion dans la voix de Lexi avait été si vive qu'elle l'avait touché au fond de lui. Elle l'aimait. Sa colère à lui, sa souffrance, toutes les défenses qu'il avait érigées contre elle furent anéanties à ce moment-là.

— Lex…

— Non, laisse-moi finir. Je veux que tu connaisses la profondeur de mes sentiments. Tu es honnête, gentil, généreux, aimant, intelligent…

Elle renifla.

— Et drôle et beau à ta façon si virile, intérieurement et extérieurement, et je suis en train de vider mon sac parce que je t'aime tellement que ça me fait mal. Je n'ai encore jamais ressenti ceci pour quelqu'un, et je ne pense pas pouvoir le ressentir à nouveau. C'est le genre d'amour qu'on n'a qu'une fois dans sa vie, Marcus, et il vaut la peine d'être sauvé.

Il eut les larmes aux yeux, la gorge serrée. Il était sur le point d'acquiescer quand sa mère décida d'ajouter son grain de sel.

— Tu vois pourquoi je pensais vraiment qu'il y avait un mariage dans votre avenir ? Lexi, je sais qu'il désire ce genre d'amour pour toujours, et j'ai décidé que c'était toi.

— Maman, s'il te plaît. Laisse-moi parler à Lexi.

— Qui t'en empêche ?

— Marcus ? demanda Lexi d'une voix tendue.

Il déglutit malgré la boule dans sa gorge.

— Lex, toi aussi tu représentes tout pour moi. Je suis d'accord avec tout ce que tu viens de dire.

Lui aussi, il voulait vider son sac, mais c'était difficile avec sa mère toujours au téléphone.

— C'est réglé, dit joyeusement sa mère. Je savais que c'était ta future épouse.

— J'aime cette idée, dit Lexi qui semblait heureuse maintenant.

Il fut traversé de joie pure. Il s'éclaircit bruyamment la gorge.

— Pardon, mesdames, ai-je mon mot à dire ?

— Non, dirent-elles en chœur.

Ses lèvres esquissèrent un sourire. Elles étaient unies dans leur amour pour lui. C'était peut-être suffisant. Sinon, pourquoi sa mère voulait-elle tant qu'il se remette avec Lexi, et pourquoi Lexi acceptait-elle de s'embarquer dans une conversation si gênante en présence de sa mère ?

— Je t'aime, Marcus, dit Lia. Maintenant, viens chercher ta future épouse.

Lexi intervint :

— Ta future épouse viendra à toi. Où es-tu ?

— Je suis au travail.

— Je serai là dès que je peux.

— Attends une seconde. Marcus, n'as-tu rien à dire à Lexi ?

Il étouffa un rire.

— Maman, je raccroche maintenant.

— Ça rime avec « même », souffla sa mère, comme s'il était stupide.

Lexi éclata de rire.

— Les mots n'ont pas tellement d'importance pour lui. Lui, c'est un homme d'action.

Lia soupira.

— Marcus Christian Shepard, essaie de suivre !

Pff, elle utilisait carrément son nom complet.

— Je vous aime toutes les deux, murmura-t-il avant de raccrocher.

Il quitta son bureau d'un pas léger. Et il ne put s'arrêter de sourire.

～

Lexi fit un pas dans le Burrow et elle fut immédiatement accostée par Ellie.

— Je suis vraiment désolée d'avoir tout fait rater ! Je me sens très mal. Je me suis laissée emporter, et j'ai pensé, à tort, que Marcus avait des sentiments pour moi.

Lexi l'examina un moment : sa sincérité ne faisait pas de doute, et pourtant…

— Le fait est, Ellie, que tu savais que nous étions ensemble. Je ne vois pas comment tu as pu penser que c'était une bonne idée d'embrasser le petit ami d'une autre femme.

— J'avais bu, chuchota-t-elle. S'il te plaît, ne lui dis pas. Je sais que je ne suis pas censée boire quand je suis au travail. Mais… j'étais jalouse et ce n'était pas bien. Je suis vraiment désolée.

— Nous sommes ensemble maintenant pour une relation sérieuse. Nous nous sommes engagés l'un envers l'autre. Est-ce que ça va être un problème pour toi ?

— Il s'est engagé ? chuchota Ellie. Quand ? Comment ? Il a fait une demande en mariage ?

— Est-ce important ?

Ellie se mordit la lèvre, les yeux brillant de larmes qu'elle ne laissa pas couler.

— Je prends ma pause.

Elle tourna les talons en se précipitant vers la cuisine. Marcus apparut par la porte réservée aux employés et Ellie le contourna sans un mot.

Lexi contempla Marcus qui marchait vers elle, un énorme sourire s'étalant sur son visage à mesure qu'il s'approchait d'elle. Elle sentit son cœur battre plus vite, la chaleur s'étalant dans tout son corps, s'illuminant de bonheur et d'amour pur, de tant d'amour. Elle avait réussi à se faire entendre de lui et il lui revenait. Il l'aimait.

Il s'arrêta devant elle, les jambes un peu écartées, et il posa les mains sur ses hanches.

— Alors comme ça, tu as utilisé les grands moyens, hein ? Tu as eu recours à l'arme maternelle.

Elle lui sourit en écartant les bras.

— Tu es un type immense, il en faut beaucoup pour te faire tomber.

Il la saisit dans ses bras et la souleva du sol. Elle rit pendant qu'il la faisait tourner en rond avant de la reposer sur ses pieds. Il la garda près de lui, enlacée dans ses bras, et elle sentit son soupir sur sa tête.

— Redis-le-moi.

Elle savait ce qu'il voulait. Elle leva la tête et le regarda dans les yeux, les mots lui venant plus facilement maintenant qu'elle avait déjà vidé son sac.

— Je t'aime.

Il posa les mains de chaque côté de son visage.

— Moi aussi, je t'aime tant. Tu es tout pour moi, mon cœur, mon âme, mon amour.

Ces mots lui transpercèrent le cœur. Son regard chaleureux et tendre, plongé dans le sien, finit de la bouleverser.

— Tu es la meilleure femme que j'ai rencontrée, tellement aimante, tellement honnête et franche, tellement forte, acceptant de te battre pour ce qui est important, acceptant de te battre pour nous.

Il laissa tomber les mains de son visage, passa les bras autour d'elle et secoua lentement la tête en souriant.

— Tu m'as gâché pour toutes les autres femmes maintenant, alors j'espère que tu es contente. Tu es désormais coincée avec moi.

Elle lui fit un grand sourire, entièrement éveillée et vivante, exaltée par son homme incroyable. Elle le serra fort et s'écarta ensuite pour le regarder.

— Oh, Marcus, je suis si heureuse que c'en est ridicule. Et tu es coincé avec moi, toi aussi.

Il l'embrassa.

— Je n'arrive pas à croire que tu aies dit toutes ces choses alors que ma mère écoutait.

Elle haussa une épaule.

— J'aime ta mère.

Il fit passer une mèche des cheveux de Lexi derrière son oreille.

— J'aime que tu aimes ma mère.

Elle eut un sourire espiègle.

— Est-ce ce que tu préfères chez moi ?

— Non. Ce que je préfère, c'est que tu es ma future épouse.

Elle eut le souffle coupé, la peau qui brûlait, les genoux chancelants.

— Je pensais que tu ne faisais qu'acquiescer à l'idée romantique de ta mère.

— Non, non. Nous, c'est pour toujours, Lex.

Elle posa la main sur sa bouche, le cœur gonflé, débordant d'amour pour cet homme extraordinaire qui l'aimait elle, et seulement elle, à tel point qu'il voulait qu'elle reste dans sa vie pour toujours.

— Vraiment ? demanda-t-elle derrière sa main.

Il hocha solennellement la tête.

Elle laissa tomber la main en retenant un sourire.

— Alors, c'est ça ? C'est ça ta proposition de mariage ?

Il posa un genou à terre.

— Lexi Judson, veux-tu m'épouser ?

Son nom complet ! Comme c'était formel ! Quel gentleman ! Comme c'était adorable !

— Où est ma bague ?

Il lui fit un sourire en coin et il passa derrière le bar. Il revint avec une bague en papier aluminium qu'il venait de créer.

—Ooh ! Que c'est beau ! s'exclama-t-elle.

Il posa un genou à terre et lui tendit la bague.

— Veux-tu me faire l'honneur d'être ma femme, de m'adorer moi et seulement moi pour le restant de ma vie d'étalon ?

Elle éclata de rire avec un bonheur étourdissant.

—Oui !

Il glissa la bague en aluminium à son doigt. Elle était énorme et voyante. Il lui tardait de la montrer à ses amies.

Il se leva et il l'embrassa passionnément, la faisant tomber en arrière sur son bras. *Waouh !*

Il la remit debout et lui sourit tendrement.

— Nous remplacerons ça par une vraie bague ce week-end.

— Tu plaisantes ?

Elle leva la main qui portait la bague.

— Elle est géniale ! Spontanée, romantique, et faite maison par mon étalon.

— Tu es un peu folle, n'est-ce pas ?

Elle jeta les bras autour de son cou.

— Mais tu m'aimes quand même.

— C'est vrai. Je dois être un peu fou, moi aussi.

— Allons chez toi pour faire des cochonneries.

Il leva le menton de Lexi.

— Tu es totalement compatible avec moi.

— On dirait une proposition cochonne.

Il jeta la tête en arrière en éclatant de rire.

— Oui. Tu es vraiment celle qu'il me faut.

Elle rayonnait quand elle le regarda passer derrière le bar pour prendre sa veste. Lorsqu'il revint vers elle, elle l'informa :

— Je n'ai jamais cru que j'allais un jour être une future mariée.

— Non ? Je croyais que toutes les femmes en rêvaient.

— Maintenant, j'en rêve.

— Ça me fait plaisir.

Il lui ouvrit la porte et elle passa devant lui, toujours secrètement ravie par ses manières de gentleman. Il la rejoignit sur le trottoir et entrelaça leurs doigts. Ils marchèrent main dans la main jusque chez lui.

— Lex, je dois te remercier pour ce que tu as fait pour ma mère. Tu t'es vraiment entendue avec elle d'une façon que je ne pouvais pas, et ça lui fait du bien.

— Tu sais quoi ? Je pense qu'elle essayait de te protéger de ses problèmes, de ne pas t'ennuyer avec. Peut-être avait-elle simplement besoin de quelqu'un d'extérieur pour la pousser un peu dans la bonne direction ?

Il laissa échapper un soupir.

— Peut-être. J'avais un tel poids sur les épaules. Je suis l'homme de la maison depuis la mort de mon père.

— Était-il malade ?

— Non. C'était un dealer. Il a été arrêté, a proposé de témoigner en échange d'une réduction de peine, et a été tué peu après par le gros baron de la drogue.

Elle lui serra la main.

— Merde. Je suis vraiment désolée. Ça fait beaucoup de pression pour un gamin. Est-ce pour cela que tu es si musclé ? Tu avais besoin d'être fort ?

Il inclina la tête.

— Je n'ai jamais envisagé la chose de cette façon. Peut-être voulais-je être certain de pouvoir protéger ma mère et moi ? Et puis, j'aime être en forme. C'est agréable.

Elle caressa son biceps très musclé sous sa veste.

— C'est agréable, en effet.

Il la souleva à hauteur des yeux et il l'embrassa.

Elle sourit.

— J'aime quand nous sommes à l'horizontale, car nous sommes plus égaux. Tu es vraiment trop grand.

Il la reposa sur ses pieds.

— C'est peut-être toi qui es trop petite.

— Nos enfants seront de taille moyenne.

— Lex, dit-il d'une voix étranglée. Tu le penses ? Tu veux avoir des enfants avec moi ?

— Tout à fait. Tu seras un père fantastique.

Il la serra dans ses bras et la fit tourner. Elle rit, ravie par son enthousiasme. Il lui prit la main et la tira en avant.

— Allez viens, on va au lit. Je veux te rendre aussi heureuse que tu m'as rendu heureux.

— La barre est haute.

— Sans rire.

Ils arrivèrent chez lui et se rendirent tout droit dans sa chambre. Pendant qu'il allumait la lampe de chevet et qu'il retirait les couvertures, elle se déshabilla entièrement.

Il se tourna et poussa un juron.

— Tu es si belle. Viens là, bébé.

— Déshabille-toi, étalon, laisse-moi voir ces muscles.

Il se dévêtit avec une lueur dans les yeux, montrant toute sa beauté masculine glorieuse. Elle n'eut même pas conscience de traverser la pièce. Un instant elle se rinçait les yeux, l'instant d'après elle était dans ses bras. Ils s'embrassèrent passionnément en laissant traîner leurs mains avides partout.

Il la guida jusqu'au lit et la posa au centre du matelas. Elle lui ouvrit les bras. Il sourit, enfila un préservatif, et puis il la rejoignit, s'installant entre ses jambes.

Elle le serra entre ses bras et ses jambes, pressée de s'unir à lui. Il la pénétra et ils grognèrent tous les deux. Cette fois fut plus lente, au rythme de leurs respirations mêlées.

Marcus ferma les doigts autour de ceux de Lexi et il leva les mains au-dessus de sa tête.

— Je t'aime tant.

— Moi aussi, je t'aime tant.

— Je t'adore, toi et seulement toi.

Elle eut la gorge serrée et les yeux brûlants parce qu'il savait comment l'aimer exactement de la façon dont elle avait besoin.

— Moi aussi. Embrasse-moi avant que je pleure.

— Ooh, Lex.

Il posa la bouche sur ses lèvres. Le temps cessa d'exister. Il n'y avait qu'eux, unis corps et âme. Elle ne s'était encore jamais sentie aussi proche d'une autre personne, sa confiance en lui était totale.

Longtemps après, il rompit le baiser en respirant fort. Il lui tint la tête d'une grande main, la regardant dans les yeux.

— Encore.

Il glissa son autre main sous sa hanche et il l'inclina afin de la pénétrer plus profondément.

— Ah !

Il avait pris exactement le bon angle et le plaisir fut si intense que son corps se resserra autour de lui, le pompant dans l'orgasme. Elle ne le quitta jamais du regard, captivée par lui alors que l'euphorie déferlait sur son corps, le cœur battant, à bout de souffle, des sensations électriques causant des étincelles dans chaque terminaison nerveuse. Il s'enfonça profondément en elle avant de se laisser aller en la collant contre lui.

Elle le serra aussi, une montée d'amour si puissant rayonna entre eux qu'elle devint extrêmement consciente de tout : le cœur de Marcus qui battait contre le sien, la chaleur de leurs peaux collées, son odeur masculine, le roulement de ses muscles autour d'elle. Elle ne voulait plus jamais le lâcher, et puis elle se détendit, relâchant son emprise en comprenant une réalité magnifique…

Il était à elle et elle était à lui. Pour toujours.

ÉPILOGUE

— Deux fêtes de fiançailles en une semaine ! s'exclama Lexi.

— Il y a plein de choses à fêter, dit Marcus en la faisant entrer chez Garner's.

Elle lui sourit. Oui, elle avait officiellement rejoint les rangs des couples mièvres et irritants. Et elle *adorait* ça. Leur histoire avait été un tourbillon : une proposition de mariage au bout de trois semaines et encore trois semaines avant qu'elle emménage chez lui en ville. Elle avait déménagé hier. Hé oui, pourquoi attendre quand tout se passait bien ? Ils étaient prêts pour une relation sérieuse. Elle avait toujours l'intention de retourner à Clover Park pour toutes les occasions spéciales de ses amis, les soirées filles et leurs réunions du Club de Lecture Happy End.

La fête de fiançailles était pour Brandy et Joe. Oui ! La mère de Hailey et le père de Josh allaient officiellement se marier. Samedi prochain, Marcus et elle fêtaient leurs propres fiançailles dans la maison de sa mère. Lia avait tout planifié et cela avait été une étape importante pour elle, l'obligeant à contacter du monde pour inviter les amis. Elle avait même joint ses parents en Floride, ce qui enthousiasmait Marcus, car ils avaient l'intention de venir passer un long séjour. Selon lui, ses grands-parents allaient soit être de très bonne compagnie, soit rendre sa mère dingue au point de la pousser à quitter la maison. Lia faisait des progrès fantastiques. Elle continuait ses séances téléphoniques avec le docteur Roberts, elle avait adopté un chat gris qu'elle adorait, et elle avait aussi fait quelques courtes promenades avec Lexi et Marcus.

Lexi s'avança vers le bar, flottant sur un petit nuage de bonheur étourdissant. Sa vie s'était mise sur les rails d'une façon très inattendue. Elle allait se marier (!), elle avait aidé Lia à reprendre possession de sa vie, et son entreprise était sur une très bonne lancée. Gina, la directrice financière de Red Arrow Marketing, était si contente de la discrétion de Lexi concernant l'incident dans les toilettes pour hommes qu'elle avait fait son éloge à tous ses contacts, en précisant que l'on pouvait compter sur Lexi dans les situations délicates. Lexi avait déjà reçu des appels de certaines personnes très haut placées qui appréciaient la discrétion des organisatrices de soirée.

Ellie était sortie de la vie de Marcus, et volontairement. Le lendemain du jour où Lexi avait dit à Ellie que c'était sérieux entre Marcus et elle, Ellie avait démissionné. Non seulement ça, mais elle avait également quitté l'appartement de location et elle était allée chez des amis à Brooklyn. Elle avait dû comprendre qu'il était temps qu'elle passe à autre chose. Lexi se sentit un peu mal parce que Marcus avait dû très vite trouver un bon remplaçant, mais elle n'avait pas beaucoup de tendresse pour la femme qui avait franchi les limites avec son homme.

Marcus s'installa au bar à côté des autres hommes, et Lexi s'excusa pour aller féliciter Brandy. Hailey était avec sa mère. Elle avait planifié la fête de fiançailles de ce soir. Hailey n'avait pas sa petite compagne permanente avec elle, car sa mère était allergique aux chiens. Dommage, car Rose l'aidait à garder son calme en général, sauf quand Josh était présent. En ce moment, le jeu entre Josh et Hailey était « Restons polis mais distants ». Cela faisait plus d'un mois depuis leur dispute, et aucun d'eux ne voulait dire un mot sur le soir désastreux où elle s'était rendue chez lui.

Lexi arriva à la hauteur de Brandy et Hailey qui présentaient une ressemblance étonnante : les mêmes cheveux blond vénitien, les yeux bleu clair, la peau pâle, et une préférence pour les robes de couturier.

Hailey avait le dos tourné vers Lexi, et elle parlait avec sérieux :

— Je suis contente que tu sois heureuse, maman. Vraiment.

Brandy prit les mains de Hailey dans les siennes et les serra.

— C'est un des rares hommes qui croient encore à la galanterie. Il me traite comme une reine ! Il m'ouvre les portes, il me tire la chaise, il m'aide à enfiler mon manteau, il n'escorte de cette façon.

Elle lâcha les mains de sa fille et tendit son coude

— Josh fait ça aussi, intervint Lexi.

Hailey se tourna vers elle.

— Salut.

— Bonsoir !

Elle se tourna vers Brandy.

— Félicitations,

— À toi aussi, répondit Brandy chaleureusement. N'avons-nous pas une chance folle d'être de futures mariées ? J'ai l'impression que Joe accepterait de tuer des dragons pour moi. C'est un homme, un vrai, dans tous les bons sens du terme.

Brandy fit un clin d'œil avant d'ajouter :

— Et un animal au lit.

Lexi éclata de rire.

— Maman, trop d'informations ! protesta Hailey.

— Je pensais que nous pouvions parler comme des amies, maintenant que tu es adulte, répondit Brandy.

— Oui, mais pas de ce sujet-là, chuchota Hailey. Combien de fois dois-je te le dire ? Il faut des limites !

Sa mère prit un air songeur.

— Il est tellement en harmonie avec mon corps.

Lexi envisagea de fuir cette conversation privée, mais elle était fascinante comme un accident de voiture.

— Je ne peux pas...

Hailey inspira profondément en levant la main.

— S'il te plaît, ne parlons pas de monsieur Campbell de cette façon.

Brandy fit la moue.

— Pardon. Je n'ai pas d'amies proches comme toi auxquelles je peux tout raconter. Il n'y a que les dames du magasin et elles sont très méchantes.

Hailey serra sa mère dans ses bras.

— Je suis vraiment contente que tu aies trouvé le bonheur.

Brandy sourit.

— Accepteras-tu d'organiser notre mariage ?

Hailey s'écarta, le visage tendu.

— Bien sûr.

— J'aimerais que tu sois ma demoiselle d'honneur.

Hailey afficha son sourire de reine de beauté. *Oh oh. Montée du niveau de stress !*

— J'aimerais beaucoup.

Sa mère sourit et s'éloigna dans la salle.

— Ça va ? demanda doucement Lexi.

Ce devait être très dur pour Hailey – l'organisatrice de mariages obsédée par l'amour – de voir toutes ses amies et sa mère préparer des mariages alors qu'elle ne sortait même pas avec quelqu'un.

— Mais oui, mais oui, répondit Hailey en tapotant son sac comme si elle cherchait Rose.

Elle sembla soudain se souvenir qu'elle était chez une gardienne de chiens, laissa tomber la main et se tourna vers Lexi.

— Puis-je t'offrir une coupe de champagne ?

C'était une hôtesse polie, comme toujours.

— Avec plaisir. Prenons-en ensemble.

Elles avancèrent vers le bar et Josh les salua poliment mais fraîchement :

— Que puis-je vous offrir ?

Elles commandèrent deux verres de champagne. Josh les servit quelques instants plus tard et posa les coudes sur le bar en face de Hailey.

— Je suis le témoin de mon père. Apparemment, je serai encore une fois ton partenaire de mariage.

La lèvre inférieure de Hailey trembla. Lexi se figea. Elle n'avait vu Hailey pleurer qu'une seule fois, et c'était après avoir mis un terme à une longue relation. Normalement, rien ne la perturbait.

— Ne pleure pas, répondit urgemment Josh.

Hailey éclata en sanglots.

— Oh, Hailey, dit Lexi en passant un bras autour de ses épaules. Tout va bien. C'est une période pleine d'émotions.

Josh apparut à côté de Lexi et il prit le relais en guidant Hailey à l'écart. Il l'installa dans un box au fond du restaurant, son dos tourné vers le groupe. Elle avait l'épaule agitée par ses sanglots. Josh s'accroupit en lui parlant doucement.

Lexi discuta rapidement avec ses amies. Devaient-elles intervenir ? Josh donnait maintenant des serviettes en papier à Hailey. Elle secouait une serviette en lui parlant et en pleurant en même temps.

Finalement, elles se tournèrent toutes vers Sabrina, la conseillère conjugale, pour avoir son avis d'experte.

— Laissez-le faire, suggéra Sabrina. Elle est la dernière femme célibataire de notre groupe, même sa mère l'a battue. Quand on sait comme elle aime l'amour…

— Elle se dit *Accro à l'Amour*, intervint Mad.

Sabrina poursuivit :

— C'est une situation difficile. Elle a simplement besoin de temps pour s'adapter.

Hailey secouait la tête à cause de quelque chose que disait Josh, puis elle leva la voix, mais pas assez pour que l'on puisse distinguer ses paroles.

— Devons-nous y aller maintenant ? demanda Lexi.

Marcus apparut à côté d'elle.

— Les sauvetages, c'est sa spécialité. Il sera à la hauteur.

— Oui, voyons comment ça se passe, conseilla Mad. Elle partira s'il ne l'aide pas. Franchement, Josh est toujours à la hauteur dans les moments difficiles. Il n'y a pas de meilleur choix.

Josh était le grand frère de Mad, alors elle savait de quoi elle parlait.

Ils regardèrent tous Josh guider Hailey vers la cuisine à

l'arrière du restaurant, une main au creux de son dos. Hailey laissa ses cheveux tomber devant son visage, cachant ses larmes, les épaules courbées. Josh la conduisait peut-être dans un endroit plus privé, ou bien elle partirait par la sortie à l'arrière.

Mad les observa.

— Elle ne peut pas partir. C'est elle qui organise la fête de sa mère.

— Ne te demandes-tu pas ce qu'ils se disent ? demanda Lexi.

Mad fit une grimace.

— Elle dit que sa vie amoureuse est pourrie.

Lexi ajouta les paroles de Josh :

— Il dit ne t'inquiète pas, la mienne aussi.

Marcus intervint :

— Ils finiront par arriver à la conclusion qui résoudrait leurs problèmes à tous les deux.

— N'en sois pas si sûr, réagirent Lexi et Mad en même temps.

Leurs amies acquiescèrent. Avec eux deux, rien n'était certain.

Marcus attira Lexi contre lui, sa voix rauque grondant à son oreille.

— Heureusement, toi, je t'ai rien que pour moi.

Elle leva les yeux vers lui en souriant.

— Ah bon ?

Il lui fit son demi-sourire sexy.

— Je t'ai gâchée pour les autres hommes.

Elle laissa échapper un soupir satisfait.

— Tu m'as complètement abîmée. Personne ne pourra jamais être à la hauteur de Marcus Shepard.

— Exactement.

— Tu es mon amour pour toujours.

— Lexi, bébé, tu es mienne.

— Pour l'amour du ciel, intervint Ben en sortant de nulle part. Rentrez chez vous et débarrassez-vous de toutes ces mièvreries. Ça donne la nausée.

Marcus fronça les sourcils.

— Où est Missy ?

C'était la fiancée de Ben.

— Elle arrive bientôt, grogna-t-il.

Il sortit soudain son téléphone de sa poche et il eut un grand sourire en décrochant :

— Salut, ma chérie, comment s'est passé le shopping ? As-tu trouvé une tenue de baptême pour Leo ? D'accord. Il me tarde de voir...

Ben s'éloigna en parlant à son amour d'un ton très doux. Leo était le neveu de Missy.

Marcus et Lexi se regardèrent avant de sourire.

— Il est grognon sans sa femme, fit observer Marcus.

Lexi imita un bruit de fouet et Marcus se mit à rire.

Juste à ce moment-là, une musique de slow se fit entendre et Joe annonça que tout le monde devait rejoindre Brandy et lui pour danser. Les tables hautes avaient été débarrassées près du bar pour faire de la place.

Marcus lui prit la main.

— On dirait que c'est notre chanson.

Elle rit en le suivant jusqu'à la piste de danse.

— Tu dis que chaque slow est notre chanson.

Il l'attira contre lui en lui tenant la main et il posa délicatement l'autre main dans son dos.

— C'est parce que j'adore danser avec toi. J'ai tellement de chance de t'avoir trouvée.

— Moi aussi, parvint-elle à articuler malgré la boule dans sa gorge. Je n'arrive pas à croire que tu m'as toujours semblé être le genre d'homme auquel je pouvais facilement résister. Tu es beaucoup trop tentant.

Il se pencha pour chuchoter :

— Tu étais tout aussi tentante et je voulais en être.

Elle eut un sourire espiègle.

— Ça, on peut dire que tu as participé.

Il baissa la tête et il l'embrassa :

— Et j'ai bien l'intention de continuer.

Après avoir donné de leur temps – plus d'une heure de danse et de préliminaires de plus en plus torrides – Marcus décida que ça suffisait, et il souleva le menton de Lexi pour l'embrasser.

— Rentrons. On continuera à célébrer tout ça.

Il parlait évidemment de sexe.

— Célébrer, célébrer, c'est tout ce que tu veux faire.

Il lui fit un clin d'œil.

— Tu m'as donné beaucoup de choses à célébrer.

— Toi aussi, tu me donnes beaucoup à célébrer.

Il lui caressa la joue avec le pouce en la regardant dans les yeux.

— Nous parlons de la même chose, n'est-ce pas ? Ou bien s'agit-il d'une conversation émotionnelle ?

— Si tu me touches, je serai très émue, en tous cas.

Les yeux sombres de Marcus brillèrent d'amusement et d'amour tendre. C'était la meilleure sorte d'amour romantique éternel. Il la serra dans ses bras, la soulevant du sol. Elle n'arrivait pas à arrêter de sourire comme une idiote, folle de bonheur avec son homme merveilleux.

Et puis ils sortirent main dans la main, en direction de leur propre Happy End.

Chères lectrices, chers lecteurs,

Qu'a-t-il bien pu se passer quand Hailey est allée chez Josh ? Cela a causé un désaccord permanent entre eux. Josh s'est-il vraiment porté à son secours quand elle a craqué ? Découvrez-le dans l'histoire de Josh et Hailey, *Un plan désagréable*, le tome 10 de la série du Club de Lecture Happy End. Rejoignez le club et trouvez votre happy end !

Un plan désagréable (Club de Lecture Happy End, Tome 10)

La stratégie de Hailey Adams pour créer une entreprise d'organisation de mariages très prospère porte enfin ses fruits et il est maintenant temps pour elle de se concentrer sur son propre happy end. Après un rejet douloureux de la part de son meilleur ennemi sexy, Josh Campbell, un prince tombe à ses pieds. Son comportement merveilleusement romantique contraste fortement avec le barman bourru qu'elle ne semble pas arriver à quitter.

Le plan qu'avait Josh de garder ses distances avec Hailey déraille lorsque survient la concurrence sous la forme d'un prince play-boy. Il subit un désagrément après l'autre quand il doit ridiculiser un prince, se faire aimer par le chien-rat de Hailey qui le déteste, et empêcher Hailey de se disputer avec lui suffisamment longtemps pour lui montrer que leur avenir est ensemble. Quelle femme impossible !

Ces meilleurs ennemis depuis longtemps parviendront-ils à abaisser leurs défenses à temps pour découvrir leur propre happy end ? Ou bien Hailey sera-t-elle séduite par un conte de fées devenu réalité ?

Inscrivez-vous à ma newsletter afin de ne rater aucune de mes nouvelles publications: Kyliegilmore.com/FRnewsletter

AUTRES LIVRES DE KYLIE GILMORE

La série du Club de Lecture Happy End

Hollywood incognito (Tome 1)

Au-devant des ennuis (Tome 2)

Même pas cap (Tome 3)

Entente formelle (Tome 4)

Erreur sur le bad boy (Tome 5)

Joue avec moi (Tome 6)

Résister au destin (Tome 7)

Une chance de romance (Tome 8)

Un séducteur diabolique (Tome 9)

Un plan désagréable (Tome 10)

Un mariage Happy End (Tome 11)

La série Rourkes

Royal Catch - Version française (Tome 1)

Royal Hottie - Version française (Tome 2)

Royal Darling - Version française (Tome 3)

Royal Charmer - Version française (Tome 4)

Royal Player - Version française (Tome 5)

Royal Shark - Version française (Tome 6)

AU SUJET DE L'AUTEUR

Kylie Gilmore est auteur de best-sellers sur la liste de USA Today tels que la série du Club de Lecture Happy End, la série Rourkes, la série Clover Park et la série Clover Park STUDS. Elle écrit des romances comiques qui vous feront rire, vous feront pleurer et vous donneront un coup de chaud.

Kylie vit à New York avec sa famille, ses deux chats et un chien complètement fou. Quand elle n'est pas en train d'écrire, de courir après ses enfants ou de prendre des notes lors de conférences sur l'écriture, vous la trouverez sur la pointe des pieds, cherchant à atteindre sa cachette secrète de chocolat tout en haut du placard.

Cliquez ici pour vous inscrire à la newsletter de Kylie afin de recevoir des informations concernant les sorties de nouveaux livres, les promotions et les cadeaux réservés aux abonnés. https://www.kyliegilmore.com/FRnewsletter

Pour d'autres bonus sympas, allez voir le site de Kylie https://www.kyliegilmore.com.

www.ingramcontent.com/pod-product-compliance
Lightning Source LLC
Chambersburg PA
CBHW071302190726
48292CB00007B/2654